H. Peter Englert
Die Dreiecksbadehose
Kurzgeschichten

Erste Auflage
© 2011 BOD, Books on Demand,
Umschlaggestaltung: Rita Linhart
Foto: Copyright © H. Peter Englert

Veröffentlicht als BOD Taschenbuch,
2011
Alle Rechte vorbehalten
Copyright © 2011
BOD, Books on Demand
In de Tarpen 42
22848 Norderstedt
Fon +49(0)40 534335-11
Fax +49(0)40 534335-84
info@bod.de
www.bod.de

Herstellung und Verlag :
Books on Demand GmbH, Norderstedt
ISBN 978-3-8423-6039-6

Für meine Mutter
Lieselotte Englert

Über den Autor:

H. Peter Englert, nach dem zweiten
Weltkrieg aufgewachsen in Aschaffen-
burg Damm, entdeckte recht früh eine
seiner Vorlieben:
Das Wort in Rede und Schrift.
Beruflich befasste er sich europaweit
mit Hoch- und Tiefbauspezialabdich-
tungen.

Familiensituationen spiegeln ureigene
Empfindungen und seine Kindheits-
kurzgeschichten geben insbesonders
Kurioses wieder.

Erlebnisse sind wertvolles Gut und
wollen auch als solches behandelt werden.

H. Peter Englert

Die Dreiecksbadehose

Kurzgeschichten

Inhaltsverzeichnis

LIDA

Der noch kleine Junge wusste nicht, wer ZORRO war.

Auch die Geisterreiter, wie die „Kumpani" des schwarz gekleideten ZORRO hießen, kannte er nicht.

Bis er zum ersten Mal in seinem noch jungen Leben ins Kino durfte.

Ins LIDA, so hieß das Kino, mit Tante Luise als erwachsene Begleitperson.

Dort spielte man nicht nur Kino.

Auf der Bühne gab es auch Ringerveranstaltungen des Kraftsportvereins Damm 1804.

Aber dazu war er ja noch zu klein als Zuschauer. Er wusste das aus Erzählungen des Vaters, dessen Schilderungen ob dieser Veranstaltungen waren oft drastisch.

„De Schmittner hat en widder umgehache, den Lulatsche im Halbschwergewicht und en´ Blumenkohlohr hot er ihm ach geribbelt!"

Es war erklärtermaßen eine Todsünde, das wusste der kleine Junge inzwischen, einem Gegner das Ohr umzuknicken und zwischen Daumen und Fingern so lange zu reiben, bis die Knorpel brachen. Das Ohr nahm dann in kurzer Zeit die Form eines aufgeblühten Blumenkohls an.

Abgesehen davon, dass es verboten war, den Gegner zu verstümmeln, war es eine sehr schmerzhafte Tortur.

Aber der Schmittner verschaffte sich damit einen Vorteil - und gewann!

„Der Zweck heiligt oft die Mittel", sagte der Vater.

Außerdem hatte der Schmittner schon gleich zwei Blumenkohlohren und so sah er keinen Grund, den Widersacher zu schonen.

Wenn ein kleiner Junge in einem derartigen Umfeld aufwächst, ist es leicht nachzuvollziehen, dass er nicht besonders zimperlich wird.

Sich selbst gegenüber nicht und auch nicht gegenüber anderen Personen.

Insbesondere nicht gegenüber der Tante Luise, oder etwa der Oma, die wegen ihres Hüftleidens am Stock ging, erst recht nicht.

Die Oma hatte ihm beigebracht wie man Holz hackt.

Sicher war er der kleinste Junge im Vorschulalter, der Holz hackte.

Die Oma mochte keine unnützen Esser!

Also hackte er Holz. Häufig!

Die Tante fand es ebenso geboten sich nützlich zu machen und brachte ihm bei, wie man den Hof kehrt.

Also kehrte er auch den Hof. Häufig!

Aber heute durfte er ins LIDA!

Und dort lernte er ZORRO und seine Geisterreiter kennen.

DIE RÄCHER DER UNTERDRÜCK-TEN!

Er war von Anfang an fasziniert und rutschte aufgeregt auf seinem dunkelroten, mit Samt bezogenen Kinostuhl herum.

Er fand es toll, dass der ZORRO immer gewann, und die Bösen immer verloren.

Aber am schärfsten fand er die ZORROPEITSCHE.

Wie sie durch die Luft zischte und die Gegner schachmatt stellte!

Wie sie sich um Arme und Beine wand und die Bösen ausschaltete, sie aber am Leben ließ!

Der lange Lederriemen am kurzen Stiel hatte es ihm angetan. Auch die zahlreichen Knoten, die die Peitschenschnur nicht durchrutschen ließ und das unvergleichliche Surren in der Luft, wenn der ZORRO die Peitschesche schwang, nahm er wie hypnotisiert in sich auf.

DER ZORRO WAR TOLL!

Die Tante wunderte sich nachdenklich über die Begeisterung, die der kleine

Junge an den Tag legte, weit davon entfernt, etwa Ungutes zu ahnen.

Im Gegenteil! Sie fühlte sich bestätigt in ihrer Idee mit dem Kino, die sie in der Familie gegen Widerstand hatte durchsetzen müssen.

Es tat ihrem pflegebedürftigen Ego gut bis sehr gut, sich solchermaßen bestätigt zu fühlen!

Das Kino war zu Ende, der kleine Junge war glücklich, die Tante Luise auch.

Zu Hause wurde eine kurze Nachlese gehalten und nach den begeisterten Schilderungen von Bub und Tante die anfänglichen Bedenken gegenüber dem Kinobesuch „zu den Akten" gelegt.

Aber für den kleinen Jungen war es nicht zu Ende, nein, sondern gewissermaßen ein Neuanfang:

Als Klein ZORRO, frisch geboren,

so begann er sich zunehmend zu fühlen!

Am nächsten Tag schon, nachdem er Holz gehackt und den Hof gekehrt hatte, zog er sich in die kleine Werkstatt zurück.

Er baute sich eine ZORROPEITSCHE!

Für den Griff schnitt er sich ein Stück Besenstiel zurecht und als Schnur fand er eine lange Wäscheleine, die ihm geeignet erschien. Er gab sich große Mühe und vergaß auch die Knoten in der Leine nicht.

Und als er fertig war, betrachtete er stolz sein Werk!

Als er die ZORROPEITSCHE zum ersten Mal zischen ließ, war die Wäscheleine noch zu lang. Nach einigen Kürzungen wurde es besser, und das Gerät fing an zu knallen. Aber nicht so laut wie dem ZORRO seine!

Das gefiel ihm nicht.

Er fand eine Ölkanne. Mit dem Inhalt tränkte er die Peitschenleine reichlich.

Als das Öl einigermaßen eingezogen war, prüfte er erneut den Knall - und siehe da, das Ergebnis war verblüffend! Es war fast kein Unterschied zum Original festzustellen.

Er war sehr froh!
In den folgenden Tagen übte er eifrig mit der Peitsche und wurde immer besser. Er stellte sich die unterschiedlichsten Gegenstände auf ein Holzbrett und versuchte sie zu treffen und mit dem Peitschenende einzuwickeln.
Nach dem vierten Tag konnte er bereits die Friedhofsgießkanne der Oma am Henkel treffen, auch wenn sie voll Wasser war, und vom Holzbrett werfen.

Klein ZORRO wurde immer unfehlbarer!

In der Folgezeit schlich er sich dann - meistens in der Dämmerung - zwischen Torbogen und Schuppen herum und spielte ZORRO. Das Gefühl der Rächer zu sein genoss er sehr.

Dann eines Abends saß die Nachbarskatze auf der Mauer!
Sofort wurde sie als Bösewicht erkannt!

ZORRO schlich sich geduckt an und schlug zu! Treffsicher wickelte sich mit lautem Knall die Peitsche um das Hinterteil des Eindringlings. Volltreffer.
So wie die Katze schrie, glaubte sie sicher, ihr letztes Stündlein sei gekommen.
Auf der Mauer jedenfalls hat man sie nie mehr gesehen.

Auch der Nachbarshund zur Linken musste eines abends daran glauben. Seitdem fletschte der schon von Weitem die Zähne, wenn Klein ZORRO in die Nähe kam, klemmte den misshandelten Schwanz zwischen die Beine und suchte sein Heil in der Flucht!

Klein ZORRO war unerbittlich!

Aber langsam gingen ihm die Bösewichte aus!
Da lief eines Abends die Tante Luise über den Hof.
Sie hatte vergessen ihr Lieblingshuhn, die Lina, zu füttern. Dieses Geschöpf

hatte sie aus den Kriegswirren gerettet und glaubte fest an den guten Geist, der diesem hässlichen Vogel innewohnen sollte. Na ja, jeder wie er meint!
Sie schloss den Hühnerstall zu und ging zurück, am Schuppen vorbei.

ZORRO WAR BEREIT!

Mit Angriffsgeschrei und weit ausgeholter ZORROpeitsche ging er auf die ahnungslose Tante los, die wie eine Salzsäule erstarrte und der Ohnmacht nahe war.
Erst als sich die Peitschenschnur schmerzhaft um ihr ausladendes Gesäß wickelte und sie fast aus dem Gleichgewicht brachte, fing sie an zu schreien - wie eine Feuerwehrsirene.
Das ganze Haus lief zusammen, die Nachbarschaft hing an den Fenstern, im Hof ging das Licht an und erleuchtete eine gespenstige Szene:
Tante Luise stand offenbar unter Schock,

schreiend, mit hochgerissenen Armen, mitten im Hof, mit einer ZORROpeitsche um den Hintern geschlungen, an der ein kleiner Junge verzweifelt zerrte, weil sich die Peitschenschnur verfangen hatte.

Die Dramatik war kaum zu überbieten.
Der Hof bevölkerte sich zusehends, um die Situation zu betrachten.
Die Tante wurde aus ihrer misslich unrühmlichen Lage befreit.
Der kleine Junge, der flüchten wollte, wurde eingefangen, um ihm nachfolgend eine umfangreiche Tracht Prügel zu verabreichen.
Die Peitsche wurde im Ofen verbrannt.
Der kleine Junge bekam Hausarrest und Fußballverbot.
Diese Bestrafung sollte ihm ausreichend Zeit geben, über seine Schandtaten nachzudenken.

Aber trotz allem, die Idee frei nach ZORRO, der Rächer der Unterdrückten zu sein, ließ ihn so schnell nicht los.

Seine anfangs erlahmte Tatkraft kehrte allmählich wieder zurück. Und schon wieder war er in der Werkstatt am Schraubstock um die zweite ZORRO-peitsche entstehen zu lassen.

Im Gegensatz zum ersten Mal hatte er nun schon Übung und die Peitsche knallte von Anfang an heftig. Bald schon fühlte er sich wieder wie der „alte ZORRO" und schlich in der Dämmerung im Hof und im Schuppen herum.

Die Nachbarskatze ließ sich nicht mehr blicken und auch nicht die Tante Luise. Aber da waren ja noch die drei Tauben auf dem Schuppendach, die nicht mehr in den Taubenschlag gefunden hatten.

„Federvieh", das war für Klein - ZORRO eine neue Erfahrung. Leise holte er die kurze Leiter aus dem Schuppen, stellte sie an, stieg ganz vorsichtig hinauf bis etwa in die Hälfte, von wo aus er die fetten Tauben sehen konnte, die aufgeplustert nebeneinander kutschten und vom Taubenhimmel träumten.

Dann nahm er Maß, holte aus und ließ die Peitsche sausen.

Rums, Volltreffer, mitten hinein ins pralle, aufgeschreckte Taubenleben. Der Krach, den die blöden Viecher verursachten, war unbeschreiblich. Anfangs konnte er vor lauter fliegenden Federn gar nicht genau ausmachen, welchen der fetten Vögel er getroffen hatte. Dem Geschrei nach, konnte es sein, dass alle drei etwas abbekommen hatten. Die Eine rutschte in die Dachrinne, die Andere flog auf das Wohnhausdach bis auf den First und kam drei Tage nicht mehr herunter, und die Dritte krächzte laut und fiel unkontrolliert flatternd in den Hof auf das Kopfsteinpflaster, direkt vor die Füße der inzwischen herbeigeeilten Oma.

Sie schimpfte und zeterte in den höchsten Tönen auf den kleinen Jungen ein und fuchtelte wild mit ihrem Gehstock in Richtung Klein ZORRO und wollte ihm die Peitsche wegnehmen. Sie bekam das Ende der Peitschenschnur zu fassen und zog heftig daran. Am anderen Ende der Peitsche zog der Junge ebenfalls. Und so kam es, wie es kommen musste.

Keiner wollte nachgeben - solange - bis die Oma aus dem Gleichgewicht geriet, umfiel und mit schrillem Geschrei plötzlich mitten im Hof lag, mit den dürren Beinen in die Luft strampelnd. Direkt neben der fetten Taube, die mit ausgebreiteten Flügeln nur noch schwach flatternd ihr Vogeldasein beendete.
Der Rest der Hausgemeinschaft, inzwischen in den Hof geeilt, blieb angesichts des sich bietenden Bildes stehen, starr vor Sprachlosigkeit.

Der Vogel lag in den letzten Zuckungen und starb, die Oma lag auf dem Rücken, ebenfalls auf dem Pflaster und zuckte auch am ganzen Körper – Gott sei Dank, noch ohne zu sterben und Klein ZORRO stand wie der Rächer der

Enterbten mit straff gespannter Peitsche, auf dessen anderem Ende die Oma lag, über dem Ort des Geschehens.

Für die Zuschauer musste es so aussehen, als hätte Klein ZORRO erst das Federvieh erschlagen und wäre jetzt im Moment dabei, das gleiche mit der Oma anzustellen.

Die Auflösung der Szene war für den kleine Jungen fürchterlich.
Nachdem sich die Zuschauer vom Schock erholt hatten, fielen sie alle gemeinsam, wie auf Kommando, über Klein ZORRO eher.
Er konnte dem Überfall so gut wie nichts entgegen setzen und erhielt eine grausame Tracht Prügel, die ihm noch lange im Gedächtnis blieb.
Die zweite, ebenso heiß geliebte Peitsche wurde ebenfalls vernichtet und damit auch die ZORRO Karriere.

Es wurde wieder friedlich in der Straße.

Danach hat man nie mehr wieder etwas gehört von Klein ZORRO und seiner Peitsche.

Schade eigentlich!

Wenn etwas in die Hose geht

Es war einmal ein kleiner Junge von etwa sieben Lenzen.
Er lebte in einer kleinen Stadt in Bayern, inmitten einer besorgten Familie.

Insgesamt drei Frauen und ein strenger Vater bemühten sich mit unterschiedlichen Intentionen um seine Erziehung, und diese Umstände waren nicht immer ein reines Zuckerschlecken für ihn.

Aufgrund der unterschiedlichen Ansätze zur ordentlichen Aufzucht des Jungen hatte er schon früh gelernt, dass es am besten ist, sich auf sich selbst zu verlassen und sich dadurch plangemäß die eine oder andere Enttäuschung zu ersparen.
Im anderen Falle hatte er durchaus mit den unterschiedlichsten, handfesten

Bestrafungen zu rechnen, die nicht immer im Einklang waren mit seinem kindlichen Verständnis von Gerechtigkeit.

Einmal, es war nach dem gemeinsamen Mittagessen, ging er in den ersten Stock des Hauses, um seiner Tante einen Besuch abzustatten.
Sie war eine der zum weiblichen Erziehungsclan gehörenden Personen.
Sie war Witwe, der Ehemann blieb in Stalingrad vermisst.
Er hatte dem kleinen Jungen als Patenonkel seinen Namen geschenkt. Hans hieß er und fortan trug der kleine Junge diesen als zweiten Vornamen mit Stolz.

Die Tante war sehr gläubig, Kunst beflissen und von umfangreicher Gestalt, aber vor allem wusste sie immer, wie man sich zu benehmen hatte und demzufolge auch sehr genau das Gegenteil, eben was sich nicht gehörte.
In ihrem jeweiligen Urteil trat sie sehr sicher auf mit ihrer voluminösen Stim-

me, die bisweilen kräftig in ihrem fülligen Resonanzkörper vibrieren konnte.

Sie sang im Oratorienchor mit einer beachtenswerten Altstimme.

„Bei soviel Holz vor der Hütte kein Wunder, da hätte man sich Sopran ja wohl kaum vorstellen können".

An diesem Nachmittag besuchte er sie ohne besonderen Grund und mehr so aus Langeweile. Er stand neben ihr in der Küche und hörte kaum zu, was die Tante von sich gab.

Die Langeweile hatte ihn nun völlig erfasst, und so träumte er gänzlich entspannt vor sich hin.

Sicher hatte diese fast selige Entspannung einen Großteil dessen mit beeinflusst, was als nächstes geschah.

In der kleinen Küche der Tante gab es plötzlich einen ziemlich lauten explosionsartigen Knall, sodass sich das Hinterteil der Hose des Jungen kurz aufblähte, um dann in sich zusammen zu fallen wie ein geplatzter Luftballon.

Der kleine Junge drehte sich erschrocken um, um festzustellen, ob da einer hinter ihm stand.

Aber da stand keiner! Und dann begriff er schlagartig,

„au weija, dieser Megafurz war von ihm selbst!"

Und jetzt fing der auch noch an, unmäßig und atemberaubend zu stinken.

Die Tante war bei dem überraschenden Knall verstummt und offenbar einen Moment lang nicht in der Lage, die Situation des Ausmaßes zu erfassen und zuzuordnen, wohl auch durch den sich vehement ausbreitenden Geruchsnebel momentan behindert.

Aber eben nur einen Moment lang!

Und während sich der kleine Junge noch mit seiner eigenen Bewunderung befasste, zu welchem Donnerfurz er fähig war, traf ihn die schallende Ohrfeige der Tante, die ihn unmittelbar in die Gegenwart zurückkriss.

„Auaa", schrie er und kämpfte tapfer mit dem Gleichgewicht.

Die eindeutige Schimpfkanonade der Tante berührte ihn jedoch nur am Rande, während er sich heftig die anschwellende Backe rieb und gegen die aufsteigenden Tränen kämpfte.

„Wer so furzen kann, der flennt nicht", spornte er sich an, während die aufgebrachte Tante Fenster und Türe öffnete, um den giftig gemeinen Gestank zu entschärfen.

Offenbar ist diese unmissverständliche Art des geräuschintensiven Blähwindes eine ausgemachte Todsünde auf der Bewertungsskala der Tante, bei dem was man nicht tut und was man sich unter keinen Umständen leistet, gemessen an der schäumenden Wut, die sie an den Tag legte.

Sie packte den immer noch in sich gekehrten bewegungslosen, mit Tränen kämpfenden kleinen Jungen bei den Haaren und schleifte ihn unter lauten

Verwünschungen aus der Küche zu einer kleinen Abstellkammer unter der Dachschräge, schupste ihn hinein, schloss die Türe und drehte den Schlüssel von außen um.

Der kleine Junge war eingesperrt.
Immer noch hörte er die höchst verärgerte Tante von draußen rufen:
„So du ungezogener Bengel, do bleibste drin, bist de dich ausgestunke hast!"

Angesichts dieser neuen Lage konnte er die Tränen nun doch nicht länger zurückhalten.
Die Wut über die erlittene Schmach und die empfundene Ungerechtigkeit schnürten ihm fast die Kehle zu.
Schließlich war ihm durchaus geläufig, dass man nicht in der Gegend herumfurzt und schon gar nicht in Tantes Küche, und noch viel weniger, wenn sie direkt daneben steht.
Auch kann man sich über das Geräusch oder den Ton mokieren, der mit einem solchen Ereignis einhergeht?

Sicher spielt auch die Lautstärke eine gewichtige Rolle.

Und der Geruch, der gehört am allerwenigsten in eine Küche.

Natürlich eine Geschmacksfrage kann es alle Mal nicht sein.

Aber schließlich war
- das alles ohne Vorsatz
- ohne Absicht passiert
- eben passiert,
- so wie es passiert ist,
- passiv eben
- wie aus heiterem Himmel,
- ohne besonderen Anlass!

Das alles ist doch genau betrachtet kein Kapitalverbrechen, das mit Kerker bestraft werden muss.

Außerdem, wenn der kleine Junge gewusst hätte - ach was - nur geahnt hätte, was sich in ihm für ein Böller zusammenbraut, die letzte Person, die er besucht hätte, wäre die Tante gewesen.

Da stand er nun in der kleinen, staubigen, mit Gerümpel angefüllten Abstellkammer im Halbdunkel zwischen alten Klamotten, Tüten mit Blumensamen und Stapeln von alten Zeitschriften.

„Das Grüne Blatt" stand auf dem obersten Exemplar mit einem grinsenden Frauenkopf darauf. Bei näherem Hinsehen war eine gewisse Ähnlichkeit mit dem Gesicht der Tante unverkennbar.

Einen Moment lang zögerte der kleine Junge, aber eben nur einen Moment lang. Dann setzte er sich entschlossen mit seinem ganzen Hintern auf das grinsende Antlitz der Tante - mitten drauf auf das Titelblatt.

Es wurde ihm leichter ums Herz!

Nach der Rache des kleinen Mannes erholte er sich allmählich. Die Lebensgeister kehrten zurück.

Hilft dir selbst, sonst hilft dir keiner!

Er rief nach der Tante, erst weinerlich auf die Mitleidstour, dann laut und vernehmlich, an die Verantwortung appellierend, die Hausaufgabe sei noch zu machen, zum Schluss zunehmend wütender mit Sauerstoffknappheit argumentierend (mit dem Hinweis auf gesundheitliche Dauerschäden).

Aber draußen blieb alles ruhig, erschreckend ruhig.
Offenbar hatte die Tante ihn vergessen!
„Typisch Tante Luise", dachte er und sein Widerspruchsgeist bekam neue Nahrung.

Bei näherer Betrachtung des Schlosses der Kammertüre fiel ihm als erstes der freiliegende Haltebügel auf.
Schlossüblich lief der Riegel darunter durch.
Er fand einen schweren hölzernen Schuhspanner. Den nahm er und schlug damit den Riegel unter dem Haltebügel hindurch, und siehe da, die Kammertüre ließ sich ganz normal mit dem Türgriff öffnen.
Ein Blick in den Gang - keine Tante zu sehen. Die Luft war rein und er hatte sich befreit.

Höchstwahrscheinlich war der kleine Junge seinerzeit wirklich noch zu klein, um verstandesmäßig real einordnen zu können, weshalb ihn die neu gewonnene Freiheit nur zum Teil zufrieden stellte.

Sein Instinkt jedoch sagte ihm damals schon, dass eine einfache Flucht der Bedeutung dieser Situation nicht angemessen gewesen wäre.
Also nehmen wir einmal an, dass es sein ausgeprägter Spieltrieb war, der ihn wieder in die Kammer zurückführte und die Türe verschließen ließ.

Erklärend dazu sei angeführt, dass die unterschiedlichen Erziehungsansätze der Erwachsenen - wie am Anfang der Geschichte schon erwähnt - (gerade auch zwischen dem strengen Vater und der selbstherrlichen Tante) ein breites, für den kleinen Jungen nutzbares Spannungsfeld darboten, dessen er sich nun bedienen wollte.

Natürlich zu seiner ureigenen großen Freude.

Also saß er wieder in der Kammer – „auf der Tante" - und hielt Rat mit sich selbst.

In der Dachschräge befand sich als einzige Lichtquelle ein einfaches Dachfenster. Es war zwischen die Dachziegel eingebaut und mit einem langen Flacheisen an der Unterseite arretiert und damit verschlossen.
Dieses Dachfenster war nun das Objekt seiner Begierde.
Er räumte sich eine Gasse in dem Gerümpel frei, soweit, bis er unter dem Fenster zu stehen kam. Doch alles Strecken half nichts.
Er war zu klein, um das Fenster zu öffnen. Doch er fand die Lösung. Mit dem Zeitschriftenstapel baute er sich eine Treppe.
Der Aufstieg war nun ein Kinderspiel.
Das Fenster wurde mit größerer Anstrengung geöffnet und rückwärts im

Scharnier auf die Dachziegel gelegt. Der Ausblick über die Hausdächer, der sich ihm nun bot, war einfach wunderbar. Hüfthoch konnte er jetzt aus dem Dach herausschauen und die Aussicht bis zur nahe gelegenen Kirche genießen.

Als er die Kirchenuhr sah, riss es ihn aus seinen Träumen, und es fiel ihm wieder ein, warum er überhaupt auf das Dach gestiegen war.

So mahnte er sich zur Eile, um zum Ende seiner Idee zu kommen.
Anschließend ging dann alles ziemlich schnell.
Er stieg wieder in die Dachkammer ein, das Dachfenster allerdings ließ er offen.
Dann schlich er aus der Kammer und drehte von außen den Schlüssel um.
Die Kammer war wieder ordnungsgemäß verschlossen.

Jetzt suchte er sein Geheimversteck auf - unter der Treppe zwischen Kartoffel- und Zwiebelsäcken. Freudig gestimmt wartete er geduldig in seinem muffigen Versteck, wie sich die Dinge entwickeln würden.

Und da ging es auch schon los.

Die Tante kam und rief im Gang laut seinen Namen.
Natürlich bekam sie keine Antwort.
„Bist du jetzt ausgestunke, du Unhold?"
Erst recht erfolgte daraufhin keine Reaktion.
Die Tante ging auf die Kammertüre zu und schloss auf.
Anschließend ging sie hinein und es wurde still.
Sehr still.

Dann schrie sie, schrie das ganze Haus zusammen. Viele Heilige waren dabei und auch die Mutter Gottes.
Sie vermittelte blankes Entsetzen mit ihrem Geschrei.
Das rief auch den strengen Vater im weißen Kaufmannskittel auf den Plan.

„Luise", brüllte er, laut und vernehmlich, „bist du denn von alle gute Geistern verlasse, was heulste denn so, was isn los um Gottes Wille!"

„Der Bu is ufm Dach, du musst schnell mache, ich glaab, der sitzt hin`nerm Kamin", schrie die Tante Luise in höchster Not.
Vor Wut schnaubend, stürmte der strenge Vater am Geheimversteck vorbei und rannte die Treppe hoch zu seiner heulenden Schwester.

Den mit sich und der Welt zufriedenen und vor sich hin grinsenden kleinen Jungen hinter den Kartoffelnsäcken konnte er, Gott sei Dank, nicht sehen.

Inzwischen hatte sich der Vater durchs Dachfenster gezwängt und war auf allen Vieren halsbrecherisch unterwegs zum Kamin.
Auf der Straße bildete sich eine Traube von Passanten, die stehen geblieben

waren und alle blickten entsetzt nach oben zu der zirkusreifen Aktion.

Was sie sahen, ließ ihnen den Atem stocken.

Das war das letzte, was der kleine Junge von dieser Szenerie noch mit bekam. Die allgemeine Aufregung nutzend, war er mit seinem Fußball unter dem Arm unterwegs zum Bolzplatz.

Aus reicher Erfahrung hat er gelernt, wann es Zeit war, den Rückzug anzutreten.

Ach und übrigens, egal was danach auch passierte, in die Dachkammer wurde er nie wieder eingesperrt.

Und zum Ausgleich dafür, ließ er in Tantes Küche auch nie mehr wieder „einen fahren".

Die Dreiecksbadehose

D er kleine Junge blickte an sich hinab auf seine nackten Füße.
Er stand im Gras auf der Wiese des Stadtbades vor dem Schwimmbecken.

Es war wieder einmal soweit, die Badehose wurde langsam wieder trocken, und je trockener sie wurde, umso mehr fing sie an zu kratzen und zu jucken. Gerade auch an den Stellen, von denen die Mutter sagte, dass man sich da nicht kratzt. Auch weiter hinten nicht. Vor allem nicht in der Öffentlichkeit.

„Diese Misthose", dachte der Junge, musste wieder nass werden.

Der Ausweg aus dem Dilemma war der Sprung ins Wasser, mit Anlauf ins Schwimmbecken.

Dabei konnte er gar nicht schwimmen, zumindest nicht im herkömmlichen

Sinne. Kaum war er im Wasser, holte er tief Luft und ging auch schon unter.

Zugegeben, für den ahnungslosen Betrachter mochte dieses Gebaren einigermaßen sonderbar aussehen.

Für den kleinen Jungen aber war es absolut normal.

Mit ruhigen Zügen schwamm er durch das Becken, dicht über dem Grund, unter Wasser, in aller Stille, und die Badehose hörte auf zu kratzen, und so wurde er unfreiwillig zur Wasserratte. Denn je heißer der Sommer wurde, umso früher fing sie wieder an zu kratzen und umso häufiger musste er schwimmen, auf dem Grund des Beckens.

Gerne wäre er dieses wollene Reibeisen mit dem hohen Bund und dem züchtig engen Beinabschluss losgeworden.

Für die Nachfolge hatte er eine genaue Vorstellung. Seine Spielgefährten hatten fast alle Dreiecksbadehosen, die an den Seiten zugebunden wurden. Das war nicht nur sehr praktisch, es sah

auch noch sportlich aus, und vor allem
- es kratzte nicht!

So eine Dreiecksbadehose war sein
Traum.
Aber - wie das so ist im Leben, die Er-
ziehungsberechtigten waren dagegen:

„Nicht schön für dich" - die Mutter
„Zu unzüchtig" - die Tante Luise
„Rausgeschmissenes Geld" – die Oma
„Du hast doch eine" - der Vater

Die Hoffnungslosigkeit der Situation
war kaum zu überbieten. So wurde ihm
klar, dass er das Thema Dreiecksbadehose zurückstellen musste. Nicht er-
satzlos streichen, nein, nur notgedrungen etwas verschieben.
Er hatte schon überlegt, sein sauer verdientes Taschengeld anzuzapfen.
Aber er hatte noch einen zweiten großen Traum.

Ein Fahrrad!

Also, ein richtiges mit Stange! Nicht vergleichbar mit dem alten von seiner Mutter mit dem Gesundheitslenker und der viel zu langen Übersetzung für den engen, mit Kopfsteinpflaster gepflasterten Hof, mit dem „vermaledeiten" Kanalloch, in das er spätestens nach der dritten bis vierten Runde (nachdem er immer schneller wurde) fast regelmäßig den schmerzhaften Abflug machte und sich stetig wiederkehrend die Knie und die Ellenbogen blutig schlug.

Auf Mitleid konnte er nicht hoffen - bei der Erstversorgung durch die Tante, wenn sie ihn wieder einmal schmerzverzerrt im Hof liegend fand.

Der harmloseste Kommentar war noch wenn sie sagte:

„Jesus Maria, wie viel Pflaster der Buh jedes Mal braucht, das geht ja auf keine Kuhhaut."

Es waren harte Zeiten für den kleinen Jungen und sein Erspartes schwer verdient.

Und daher wollte es genau überlegt sein, für was es auszugeben war. Zumal die Anstrengung, sein Kapital zu vermehren, praktisch einem Scheißjob gleich kam.

Es gab da dieses Nebeneinkommen für ihn, eine Spezialvereinbarung mit der Oma.

Die Oma war eine Rosenliebhaberin und hatte ein Hüftleiden. Sie ging am Stock.

Sehr beweglich war sie daher nicht mehr.

Aber mit den Rosen war sie sehr ehrgeizig. Dafür wollte sie den besten Dünger haben den es gab, nämlich Pferdemist. Und das allerbeste waren frische Pferdeäpfel, wenn sie noch dampften. Nur, die waren selten und daher kostbar.

Wann scheißt schon mal ein Pferd, und auch noch vor dem Haus!

Zu dieser Zeit gab es eine Spedition namens Birkardt. Und für die Paketausfuhr benutzte sie einen gummibereiften

Pritschenwagen mit einem alten Pferd davor.

Auf dem Kutschbock saß ein ebenso alter Mann, mit einer langen Lederschürze und einer durchgeschwitzten „Patschkapp". In der linken Hand hielt er die Zügel und in der rechten eine nach oben hin dünner werdenden Peitsche mit einer langen Lederschnur, die am unteren Ende ausgefranst war - wie ein Pinsel.

Damit fuhr er dem Pferd über das mächtig ausladende Hinterteil. Dann blieb es stehen.

Von weitem konnte man das Hufgeklapper auf dem Kopfsteinpflaster hören.

Bei den ersten Anzeichen dieser Art fuhr es regelmäßig wie ein Blitzschlag durch die Oma, und sie rief lautstark nach ihrem Enkel.

„Der Gaul kimmt, schnapp dir d´Ämer und die Schaufel!"

So ging es dann eilig vor das Haus auf die Straße, um der Dinge zu harren, die da kommen sollten.

So weit zu sehen war, stand das Pferd bewegungslos kurz nach der Kreuzung vor der Bäckerei. Die Oma wurde ungeduldig und stieß heftig mit ihrem Gehstock auf den Boden.

„Mach los, du blöder Gaul und scheiß bloß nicht wieder beim Kullmann vorm Tor!"

Eine der ausgemachten Kriterien zwischen Oma und dem Enkel war, alles was aus dem Pferd fällt bis zum Kullmann, bleibt liegen.

Alles was danach fällt, wird gesammelt. Die Chancen, dass der alte Gaul vor unserem Haus seinen rosenkompatiblen Darminhalt aus seinem mächtigen Verdauungstrakt presste, waren gut, befand sich doch gegenüber die Apotheke. Und die Apotheke bekam meistens viele Pakete.

Bei der Rumsteherei war dem Vierbeiner offenbar langweilig, so dass er sich dann die Zeit mit sich selbst vertrieb und sich zur großen Freude der Oma programmgemäß reichlich von goldenen Äpfeln erleichterte.
Sie wurde ganz aufgeregt und spornte ihren Enkel zur Sammelaktion an.

Mit Schaufel und Kohlekratzer wurde dann das Rosengold Bollen für Bollen in dem Blecheimer verstaut, aus dem es bald intensiv würzig dampfte.
Da der kleine Junge durch frühere Besuche bei der Bauernverwandtschaft auf dem Land - vorzugsweise in Dipbach - bereits ausreichende Gelegenheit hatte, sich mit den unterschiedlichsten Ausscheidungen von Haustieren auch in besonderen Situationen vertraut zu machen, war er in der Lage, diese wiederkehrende Pferdekackesammelaktionen zu durchstehen, wenn er auch manchmal (wenn es ihn würgte und ihm schlecht wurde) wünschte, heute

möge der Gaul lieber doch beim Kullmann scheißen.

Abrechnungstechnisch waren klare
Vereinbarungen getroffen: Pro Bollen
gab es 5 Pfennige von der Oma, lediglich wenn ein Gummireifen darüber ge-
rollt war, musste der Junge mit der
Oma feilschen, ob der Fladen nun 2 o-
der 3 Bollen groß war.
Meistens gelang es ihm jedoch, die
Oma von seiner Auffassung zu überzeugen, schließlich war er der Experte
für frische Pferdekacke - und es ging
um sein sauer verdientes Geld

und um das Fahrrad.

Also, eigentlich ging es doch auch um
die Badehose.
„Zum Teufel aber auch, um was geht es
jetzt wirklich?" fragte sich der keine
Junge.
„Du musst Dir etwas einfallen lassen",
sagte er sich.

„Etwas Entscheidendes, was dich weiter bringt!"

Und da kam ihm der Zufall zu Hilfe.
Beim Herumstöbern im Waschhaus, zwischen allen möglichen abgestellten Gegenständen fand er ein Stück Stoff.
Es war ein größeres Stück, und es hing verlassen und einsam hinter der Türe an einem rostigen Nagel.
Bei genauerer Untersuchung konnte er feststellen, dass es sich um marineblauen Feincord handelte, sehr angenehm und überhaupt nicht kratzig.

Seine anfangs vage Idee, was damit anzufangen sei, reifte zum Entschluss.
Er wusste, er musste sich sicherheitshalber vor Entdeckung schützen. Also nahm er seine Beute vom Nagel und prüfte die Umgebung auf Störfaktoren.
Die Luft war rein.
Mit seinem Schatz verzog er sich in den Schuppen, der eher selten frequentiert wurde. Er besorgte sich Werkzeug und

eine Schublade von Mutters Stickgarn-
kasten und machte sich an die Arbeit.

Was er sich ausgedacht hatte, war für
ihn ein Erstlingswerk.

So hatte er sich vorgenommen, besonders gründlich vorzugehen.

Als erstes fertigte er eine Schablone an,
aus Wellpappe; ein alter Karton lieferte
die Möglichkeit dazu. Diese Schablone
musste mehrfach angepasst werden, bis
sie seiner Vorstellung entsprach.

Dann kam der große Moment. Er brei-
tete den Stoff auf dem Fußboden aus -
faltenfrei - legte die Schablone mitten
darauf und schnitt mit der großen
Schere am Rand entlang.

Mit dem Ergebnis war er sehr zufrieden. Die Anprobe erwies sich als ein-
wandfrei. Die Schnittränder säumte er
mit rotem Stickgarn, ebenso die Löcher
an den Seiten.

Dann fädelte er die weißen Turnschuh-
bändel ein und zog sie an:

Seine neue blaue Dreiecksbadehose!

Ein Traum hatte sich verwirklicht.

Er war stolz!

Solchermaßen bekleidet trat er mit geschwellter Brust in den sonnendurchfluteten Hof. Der Tragekomfort und die Farbe waren phänomenal!

Das fand auch die Oma, die aus dem Fenster schaute.

„Wo hast du denn die Hose her?" fragte sie mit neugierigem Interesse.

„Selbst gemacht!"

„Was, selbst gemacht? Wo haste denn den Stoff her?"

„Gefunden!"

„Wo gefunden?"

„Im Waschhaus"

Inzwischen war die Tante auf dem Balkon getreten.

„Ei, was hat denn der Buh da an?"

„Eine Dreiecksbadehose halt", sagte der kleine Junge.

„Die hat er selbst gemacht!" sagte die Oma nicht ohne Stolz.

„Ja tatsächlich, die sieht ja gut aus! Dreh Dich doch mal um!"

„Ja wirklich, manchmal kriegt der Buh ja doch was auf die Reihe. Aber der Stoff, ich glaub, den kenn ich doch! Wo hat der Buh denn den her?"

„Hat er im Waschhaus gefunden", sagte die Oma.

„Was, im Waschhaus? Mir is, als würd er mir bekannt vorkommen."

„Hast du von dem Stoff noch was übrig?" fragte sie den kleinen Jungen.

„Ein ganzes Stück! " sagte er und ging in den Schuppen, hob den Rest vom Boden auf und brachte ihn nach draußen.

„Halt ihn doch einmal ganz hoch", bat die Tante.

Der kleine Junge tat wie gewünscht und hielt den großen Stoff mit ausgestreckten Armen in die Höhe, bis er selbst dahinter verschwand.

„Ich hab doch gewusst, dass ich den Stoff kenn!" rief die Tante plötzlich aufgeregt.

Und dann fiel es ihr wie Schuppen von den Augen.
„Das ist ja mein Morgenmantel!!!!"

Mit einem Riesenloch in der Mitte!

„Du Saubuh, den kann ich ja nie mehr anziehen, mit dem Riesenloch am Hintern!" rief die Tante Luise mit schriller Stimme, deren Gesicht samt Hals inzwischen dunkelrot angelaufen war.
„Höchstens noch im Sommer", rief die Oma, „und manchmal ist es ja ganz gut, wenn man etwas hat für die Abluft hinten, Luise!

Die Schadenfreude der Oma war die pure Absicht und sie amüsierte sich sehr.

Die Tante kochte zusehends mehr, fuchtelte mit den feisten Armen, stieß üble Verwünschungen gegenüber dem kleinen Jungen aus und drohte vom Balkon zu fallen.

Ob der plötzlichen Wende in der anfänglich so entspannten Stimmung ließ der kleine Junge den Abklatsch von Tante Luises Morgenmantel fallen, gerade da wo er stand.

Aus zahlreichen Situationen in der Vergangenheit hatte er gelernt, wann es Zeit war, möglichen körperlichen Züchtigungen unterschiedlichen Ausmaßes zu entgehen und rechtzeitig den Rückzug anzutreten.
Den Ernst der Lage fand er angemessen und verschwand eiligst Richtung Bolzplatz!

Der Sommer war schön, die Dreiecksbadehose auch.

Ja und die Rosen?
Ja die Rosen gediehen prächtig.

Stubenrein

Es war an einem sonnigen Sonntag vor Pfingsten, als ein kleines Mädchen namens Ursula und ein ebenso kleiner Junge, der damals meistens auf den Namen Hans-Peter hörte, die „gute Stube" eines Bauernhofes verließen, um denselben mit all seinen Besonderheiten näher kennen zu lernen.

Die Bauernverwandtschaft aus Dipbach hatte die Familien aus der Stadt mit ihren Kindern eingeladen. Man traf sich auf dem Bauernhof, um gemeinsam diesen wunderbaren Frühlingssonntag bei reichlich Essen und Trinken zu verbringen und um von alten Zeiten zu reden.
Man sprach vom Krieg, von der Gefangenschaft, von Hitler, wie der Opa damals die Oma küsste und dabei von einer Biene gestochen wurde …

Die Geschichten der Erwachsenen waren eher langweilig für einen achtjährigen Jungen im Feiertagsgewand und für seine Cousine ebenso.

Sie sah süß aus in ihrem schneeweißen, gerafften Firmungskleidchen mit ebenso weißen Strümpfen und Lackschuhen, dazu ihre langen Zöpfe mit großen Schleifen, natürlich in weiß.
Sie war der ganze Stolz der besorgten Tante.
„Pass gut auf sie auf, Hans-Peter, und macht euch nicht dreckig beim Spielen", sagte sie, als die beiden endlich zur Erkundung des Bauernhofes aus der guten Stube in den Hof entlassen wurden.
„Und passt auf den Misthaufen auf, der ist voll gefüllt und tief", rief der umsichtige Onkel ihnen noch nach.

Der Cousine hatte der kleine Junge schon öfter in den gemeinsamen Ferien bei Oma beigestanden.

Einmal saß sie auf einem Baum und kam nicht mehr herunter.

„Du musst wippen", rief er ihr zu, dann bricht der Ast ab und du kommst von alleine auf den Boden."

Also wippte die Cousine, unerschrocken und heftig.

Der Ast ist dann abgebrochen und das Bein der Cousine auch, bei der Landung! Aber das war vor anderthalb Jahren und längst vergessen!

Auf diese besondere Art hatte er sich schon „rühmlich" als Cousinenretter bewährt.

Der Misthaufen aufgetürmt, direkt neben dem Wohnhaus war wirklich stattlich und machte seinem Namen in jeder Beziehung alle Ehre.

Der kleine Junge kam zu der Überzeugung, dass dieser Haufen allein für den Begriff „Landluft" verantwortlich war. Diese Einsicht wurde später durch neue Erkenntnisse abgelöst.

Es kratzten beflissen etwa ein halbes Dutzend Hühner auf dem penetrant riechenden Haufen herum, um nach Würmern und leckeren Maden zu suchen. Es stank zum Himmel.

Die Schwere des Duftes, den der stellenweise leicht dampfende und sonnenbeschienene Mist verströmte, lag für Stadtkinder fast lähmend in der Frühlingsluft.

Die Hühner und der stolze Hahn, der jetzt auftauchte, schienen jedoch bar jeden Geruchssinns zu sein und gackerten fröhlich vor sich hin.

Am anderen Ende des strotzenden Misthaufens stand ein Häuschen aus Brettern mit einer halboffenen Türe und ausgesägtem Herzchen darin. (Das mit dem Herzchen, hat der kleine Junge bis heute nicht verstanden, entblößt man doch beim Gebrauch des Abortes etwas völlig anderes, als das Herz)

Über das sehr große, von reichlich Schmeißfliegen bevölkerte runde Loch in der Sitzfläche der Notdurftanstalt wunderte er sich.

„Die machen hier wohl nur die ganz großen Geschäfte", dachte er so bei sich.

Doch alles in allem war es eine sonntäglich friedliche Szenerie auf dem Bauernhof bis zu dem Zeitpunkt, als eine der dicken, auf der Dachrinne sitzenden Tauben der Cousine ohne Vorwarnung kräftig mitten auf die Schürze schiss.

Beide Kinder waren sehr irritiert über diese plötzliche unerwartete Unhöflichkeit der „Taubenviecher". Sie fanden Gott sei Dank einen alten, an der Stalltüre hängenden Kartoffelsack und rieben damit gemeinsam kräftig über das Ungemach auf der Schürze.

So verteilten sie die anfangs graugrüne Bremsspur zu einem ansehnlichen Riesenfleck mit braunen Kartoffelschalenrändern. Mehr war nicht zu machen, weitere Bemühungen erfolglos.

Man kann sagen, dass spätestens ab diesem Zeitpunkt der anfängliche Respekt gegenüber der jungfräulichen Reinheit des Sonntagsstaates verflogen war.

Und so schlichen dann beide voller Tatendrang in das schummrige Halbdunkel des Kuhstalles hinein.
Die Neugierde hatte gesiegt.

Die Zusammensetzung des Klimas war hier völlig anders, viel stickiger, dicker, mit Aromen von Stroh, Klee und Kuhfladen angefüllt.
Als sich die Augen der Kinder an das dämmrige Halbdunkel gewöhnt hatten, sahen sie rechts des Mittelganges die Boxen mit ausgewachsenen Milchkühen, die kräftig artentypisch wiederkäuten.
Am Ende der Reihe stand ein kleiner Esel an einen Pfosten angebunden und wedelte freudig zur Begrüßung mit den langen Ohren.

Links des breiten Ganges befand sich eine Häckselmaschine mit einem Rübenhaufen davor und allerlei Gerätschaften wie Kartoffelschaufel, Reisigbesen und einer Stallhacke mit großem Blatt und langem Stiel.

Mit ihr wurden wohl die Haufen unter den Kühen weggekratzt, so sie denn von Zeit zu Zeit anfielen. Eine Menge dieser Kuhfladen hatten sie schon vor der Türe auf dem Misthaufen angetroffen.

Die angeleinten Kühe wirkten zufrieden und standen mit dicken Bäuchen und massig hängenden Eutern auf der frischen Streu.

Einige hatten Namensschilder an den Boxenbrettern. Lisa, Emma, Elsa, Sofie, konnte man da lesen.

Durch das rückwärtige Fensterloch flogen - eine Scheibe fehlte - Schwalben ein und aus, um dem hungrigen Nachwuchs im Nest an der Decke das Überleben zu sichern.

Alles war friedlich, die Kühe nahmen keine Notiz von den Kindern, noch nicht.

Eine der dicken Milchkühe kam mit einem Mal in Bewegung und erregte die Aufmerksamkeit. Beide Kinder starrten gespannt auf Lisa, die anfing, aufgeregt mit dem Schwanz zu wedeln, aber nicht wegen der Fliegen. Nein, ein tiefes Grollen war zu hören, fast so, wie aus einer Tuba mit Kieselsteinen darin, aus der die Luft plötzlich entweicht.

Heute weiß der kleine Junge:
„It was the flatjulenz from the cow", wie der landwirtschaftlich gebildet Amerikaner so treffend zu bemerken weiß. Also ein mächtiger Milchkuhfurz. Das Umluftaroma wurde plötzlich schärfer. Der Schwanz schwang weiter hin und her, und dann fuhr er in die Höhe, verharrte dort und zeigte ungeniert das jetzt entblößte, zur Schau gestellte Hinterteil mit dem Loch mitten drin, den Kuharsch.

Beide Kinder waren fasziniert von diesem unerwarteten Anblick, als eben dieses Loch anfing sich zu bewegen. Zum Zentrum hin zog es sich runzelig zusammen, um sich dann nach außen hin wieder vehement zu straffen.

Das Runzelloch wurde zusehends größer, und seine Bewegungen erfolgten in kürzer werdenden Abständen. Es sah aus, als würde sich dieses Loch auf einen größeren Auftritt vorbereiten. In der Mitte wurde es unvermittelt braungrünlich.

Während der kleine Junge noch staunte, hatte die Cousine offenbar schon eine Eingebung. Sie rannte zu dem Rübenhaufen und schnappte sich die Hacke mit dem langen Stiel. Damit trat sie hinter die Kuh und presste ihr die Hacke auf das jetzt zuckende Organ.

Der Arsch der Kuh war verschlossen.

Die Kuh war von dieser neuen Entwicklung erkennbar nicht begeistert.

Sie drehte den Kopf nach rückwärts, sah die Cousine mit der Hacke und äußerte ein entrüstetes MUUUUUH.

Ursula antwortete ihr mit den Worten: "Nein, Lisa heute, wird nicht geschissen, es ist schließlich Sonntag!"

Darauf hin fing die Kuh Lisa mit geblähten Nüstern an, heftig kurz hinter einander ein- und aus zu schnaufen wie ein Blasebalg, so als wollte sie sich aufpumpen. Die Cousine stemmte sich fester mit der Hacke dagegen, diesmal mit Ausfallschritt um einen besseren Stand zu bekommen, und dennoch drückte sich auf der einen Seite des Hackenblattes bereits unaufhaltsam braungrüner Brei hervor. Die Kuh brüllte.

Ursula drückte mit aller Kraft und schrie dabei aus vollem Hals:
"Ich kann`s nimmer halten!"

Und von da an ging alles ziemlich schnell.

Die Hacke rutschte zur einen Seite weg, das Loch der Kuh wurde schlagartig frei, die Cousine fiel einen Schritt nach vorne und wurde wie von einer Explosion getroffen - von oben bis unten komplett grünbraun eingefärbt!

Lisa die Kuh hatte Ursula buchstäblich voll zugeschissen!
Dabei hatte der kleine Junge doch Order aufzupassen! So gesehen hatte er auch diesmal einigermaßen versagt. Das Drama war offensichtlich, in seinem ganzen beschissenen Ausmaß.
Sogar der Esel an seinem Pfosten staunte, ob der plötzlichen Veränderung von Ursula. Er lies ein lautes IA-IA ertönen und schnalzte aufgeregt mit den langen Eselsohren.
Der kleine Junge war wie gelähmt und konnte nicht glauben, was er da sah, bis die Cousine halb erstickt voller Not rief: "Ich kann nix mehr sehn, ich bin blind, und meine Zunge ist ganz pelzig!"
„Dann halt den Mund", rief er ihr Mut machend zu, „und schnauf durch die Nase, ich mach Dir den Blindenhund!"

Entschlossen packte er sie am Hinterteil, das noch ziemlich neu aussah und dirigierte sie aus dem Spritz- und Platschbereich der Kuh. Dem Nachschiss waren sie entronnen, wenigstens etwas! Die Kuh entleerte sich weiterhin und schiss diesmal Gott sei Dank auf die Hacke und nicht auf die Cousine.

Vorsichtig dirigierte der Junge seine Spielgefährtin auf Abstand achtend, mit ausgestreckten Armen von hinten in Richtung Milchküche und dann zur Kochküche. Sie hinterließen eine unansehnliche Spur der gröberen grünbraunen Verunreinigung.
So kamen sie bis vor die Tür zum Sonntagszimmer.
Auf „DREI" stieß der kleine Junge die Türe auf und schob entschlossen die drastisch veränderte Cousine in die „gute Stube" hinein, zur Besichtigung für jedermann.

Der Auftritt war gelungen.

Die Bestecke der Anwesenden fielen auf die festtäglich weiß gedeckte Tafel, und es wurde totenstill.

Verwunderung? Erstaunen? Nein! Blankes Entsetzen machte sich breit, erkennbar an aufgerissenen Augen und weit offenen Mündern der Sonntagsgesellschaft.

Da stand sie nun, bewegungslos als braungrünes Monster, unkenntlich, breitbeinig mit abgespreizten Armen und mit von den Ohren abstehenden grünen Zöpfen (wie Wegweiser an einer Kreuzung).

Die Kacke fing nun an einzutrocknen und verströmte einen nicht wirklich lieblichen Duft, wie von einem Blumenstrauß frischer Wiesenblumen, eben wiedergekäut, bereits verdaut und dann von der Kuh............wie bekannt.

Der sich schneller fassende Onkel stürzte zum Fenster, riss beide Flügel auf in der Hoffnung auf Frischluft. In der Aufregung hatte er ganz vergessen, dass vor dem Fenster der Misthaufen lag.

Also bleib der Gestank, wie und wo er war.

Die Tante hatte die Hände gefaltet, die spitzen Ellenbogen auf den Tisch gestützt, den Blick zum Himmel gerichtet und rief alle Heiligen des neuen Testamentes an. Bei Maria bleib sie stecken: „Heilige Maria bitte für uns in der Stunde der Not und der Bedrängnis und erlöse uns von diesem Übel".

Sie meinte wohl die Kacke.

Die Cousine bröckelte inzwischen Batzen weise ab auf den frisch gebohnerten Fußboden.

Die männlichen Mitglieder des ehemals feierlichen Mittagstisches riefen wild durcheinander und die Mutter, kurz vor der Ohnmacht, fragte mit letzter Kraft:

„Ursula, bist du`s?"

Die Cousine konnte wegen des fortscheitenden Trocknungsprozesses nicht antworten und ließ ein ersticktes Grunzen hören.

Der kleine Junge stand immer noch hinter ihr und kämpfte mit seinem schlechten Gewissen.

Für besser hielt er es die Initiative zu ergreifen und in die Verteidigung zu gehen.

Er rief mit dünner aber gefasster Stimme:

„Ich, ich war es nicht, es war die Lisa, die blöde Kuh!"

Daraufhin sank die Großmutter auf die Knie und betete herzerweichend zu Gott dem Vater.

Dann kam sie zum Schluss:

„Großer, barmherziger Gott und Schöpfer erhöre unser Flehen und erlöse uns von allem Bösen und mache bitte unsere Ursula

STUBENREIN !

Gelobt sei Jesus Christus, in Ewigkeit Amen."

Erkennbar hat dieses Stoßgebet nicht geholfen.

Nach Dipach eingeladen wurden die Städter nie mehr.
Bedauerlich.

LINA

Die erste Nacht des neuen Jahres war frostig kalt und klar. Ein fahler Mond schien auf den einsamen Mann herab, der an einer dünnen Leine einen Schlitten hinter sich her zog.

Die Straße der Ortschaft und die Gehwege waren von gefrorenem Schnee und aufgeschobenen Haufen bedeckt. Immer wieder blieb der alte Holzschlitten auf dem mit Split- und Sand gestreuten Gehsteig stecken.

Der kleine Junge, dem der Schlitten gehörte, ahnte nichts von der Neujahrnachtsplage seines Vaters. Er lag selig schlummernd in seinem Bett und träumte von Räubern und wilden Hexen.

Wieder einmal bremste der Schlitten im Dreck, die Kordel schnitt dem vehement ziehenden Vater in die Hände. Er fluchte kräftig und anhaltend vor sich hin, und so wurde ihm wenigstens etwas leichter ums Herz. Der Schlitten allerdings bleib so schwer wie zuvor, mit der großen Holzkiste, die auf der Sitzfläche festgebunden war.

Und Schuld an der ganzen Geschichte war ein Los.

Der Vater kam direkt von einer Silvesterveranstaltung des TUS 63 Damm.

Es war der größte Sportverein im Ort und er selbst war der zweite Vorstandsvorsitzende in dieser Periode. Der erste Vorsitzende war sein Cousin Erwin. Beide wechselten sich ab in der Führungsrolle dieses Vereins, und jeder hatte seine eigenen Spezialitäten.

Als Leistungssportler seit Kindesbeinen und als Fest- und Veranstaltungsmacher genossen sie beide in der Bevölkerung großes Ansehen. Die Reden zur jährlichen Hauptveranstaltung von Onkel Erwin waren legendär. Aber mindestens so ungewöhnlich waren die Beerdigungsreden auf dem Friedhof am offenen Grab von Vater Peter, wenn es wieder einmal ein Mitglied des Traditionsvereines erwischt hatte aus dem Leben zu scheiden.

Die Jugendriege stand dann mit Fahnen und Vereinsbanner um den Sarg gemeinsam mit den vielen Trauernden drum herum.

Mitten drin der Beerdigungshauptredner, der Vaters des Jungen.

Während es auf den Hauptveranstaltungen des Vereins darum ging, möglichst viel Beifall und Begeisterung hervorzurufen, ging es auf dem Friedhof hauptsächlich um die ungewöhnlichen Verdienste des Verstorbenen und die besonderen Tugenden wie: In einem sportlich gesunden Körper wohnt ein gesunder, aufgeweckter Geist, den heute endgültig zu verabschieden man sich so zahlreich eingefunden hatte.

Diese Totenzeremonie eben so würdig wie tieftraurig zu veranstalten, war die Passion von Vater Peter.

Wenn er sein Friedhofspublikum einstimmte und mitnahm in eine unendliche biblische Traurigkeit und die Seelen zu tiefgehendem Mitgefühl und Beileid aufforderte, wurden wie auf Kommando die Taschentücher hervorgeholt und buchstäblich „Rotz und Wasser geflennt" wie der Volksmund so treffend zu bemerken weiß.
Hochwürden schlug ergriffen das Kreuz darüber, und die Messdiener bekamen die Aufforderung, den Weihwasserkessel kräftiger zu schwenken, um dem Totenritual durch wabbernden Nebel und heilig beißenden Geruch das letzte Geleit angedeihen zu lassen.
„Heilig, heilig sollen sie sein, die Gottesfürchtigen, in Ewigkeit, Amen."

Als Belohnung für den Vater, für sein Totenritual waren die Kommentare von

Onkel Erwin einzustufen wie zum Beispiel:

„Heut hast Du sie wieder heule lasse wie die Schlosshunde. Prima Peter, hoffentlich flenne se an meinem Sarg auch einmal so hemmungslos und ergriffen, wenn mich der Teufel eines Tages holt" sagte er und schlug kräftig und anerkennend auf die Turnerschulter des Sportskameraden.

Diese Würdigung war wie die Verleihung einer Goldmedaille an Peter.

Der Sarg war im Loch, das Grab wurde zugeschüttet und das Leben ging weiter.

So auch heute, in der ersten Nacht des neuen Jahres.

Auf dem Turnerfest wurde traditionsgemäß eine Tombola veranstaltet, zu der Vater und die Mutter des kleinen Jungen drei Lose kauften. Anschließend zur Preisverleihung hatte man ihnen, zu ihrem allergrößten Erstaunen mitgeteilt, sie hätten den Hauptpreis gewonnen.

Man überreichte ihnen beiden ein großes Gemälde mit einem bäuerlichen Landschaftsmotiv, ordentlich gerahmt mit viel Farbe und Stimmung darauf. Auch ein Schwein schaute aus dem Gebüsch.

Dem Vater des kleinen Jungen kam dieses Bild sehr „schinkenverdächtig" vor. Bis zu diesem Zeitpunkt wusste er noch nicht, wie Recht er damit haben sollte.

Nachdem der tosende Beifall des zahlreichen Publikums abgeebbt war, wurde er als Hauptgewinner auf die Bühne gebeten, um ein paar honorige Worte von sich zu geben.

Es fiel ihm nicht schwer, die richtige Formulierung zu finden und mitten hinein in den erneut aufbrausenden Beifall wurde eine ansehnlich große verschlossene Holzkiste aus den Kulissen gezogen.

„Die ist für Dich, Peter", sagte der Komiteevorsitzende zu ihm, „die hast Du gewonnen, Du kannst sie gleich mitnehmen, viel Glück im neuen Jahr und alles Gute!"

So kam es, dass er den Schlitten seines Sohnes holen musste, mitten in der Nacht, um den Hauptgewinn anschließend nach Hause zu transportieren.

Zum wiederholten Male zog er schimpfend an der Leine seiner gewonnenen Fuhre und strebte seinem Anwesen zu, indem er sein Lebensmittelgeschäft und seine Wohnung hatte.

In diesem Haus wohnten auch seine Mutter Elise im Mittelteil und seine ältere Schwester Luise im ersten Stock.
Als er sein unkomfortables Gefährt in den Hof geschleppt hatte, war er erleichtert und es überfiel ihn nun ein unbändiges Mitteilungsbedürfnis. Seine nunmehr aufkommende Freude über den Gewinn des Abends wollte er teilen und stolz von der Neuigkeit berichten.

Er suchte seine Mutter auf. Mitten in der Nacht fand er sie in ihrem Bett selig schnarchend. Wo auch sonst hätte sie sein sollen um diese Zeit?
Er schickte sich an sie aufzuwecken.

So einfach war das nicht, denn sie befand sich im wohlverdienten Tiefschlaf. Die Oma hatte in dem gemeinsamen Haushalt den Küchenbereich übernommen, während der Rest der Familie sich um das Geschäft kümmerte.
Beim dritten Versuch fuhr sie aufgeschreckt in die Höhe – wie bei einem Bombenangriff - und sah ihren Sohn völlig entsetzt an.
„Bist du von allen guten Geistern verlassen", rief sie mit nuschelnder, gurgelnder Stimme. Das Gerät, das sie gebraucht hätte, um deutlicher zu sprechen, schwamm friedlich in einem Wasserglas auf dem Nachttisch mit der Gaumenseite nach oben. An der Oberseite hatte es einen runden roten Gummi, der über einen silbernen Knopf gestülpt war.

Der kleine Junge hatte seine diesbezügliche Neugier schon früher einmal durch eine detaillierte Inaugenscheinnahme befriedigt, als die Oma auf der Toilette war, und er sich hinter dem Vorhang in ihrem Zimmer versteckt hatte.

Das Ding mit den vielen Zähnen am Rand fühlte sich irgendwie komisch an und es schien so, als wollte es beißen, aber dazu hätte es ja die Oma gebraucht und die war doch auf dem Lokus.

Wie er dann später herausfand, diente dieser lustige rote Gummi an der Oberseite, der aussah wie die Dichtung einer Bierflasche mit Bügelverschluss, zum Ansaugen an den Gaumen. Dabei machte die Oma immer so ein komisches Geräusch, wenn die Luft schmatzend entwich.

Er wusste das so genau, weil sie manchmal das Ding herausfummelte, um es dann unter der Wasserleitung

abzuspülen, wenn sich offenbar grob-
körnige Gegenstände darunter ver-
sammelt hatten.

Einmal hatte er sie „ohne" beim Mit-
tagsschlaf zufällig aufgesucht. Sie
schlief friedlich, und das Ding
schwamm ebenfalls friedlich an seinem
angestammten Platz im Glas.

„Ohne" sah sie völlig verändert aus, irgendwie furchig eingefallen mit falti-
gen Lippen und übergroßer spitzer Nase. Was er sah, machte ihn nicht fröhlich. Seitdem versuchte er sich fernzu-
halten, wenn sie „ohne" war. Wenn-
gleich dieser Ansaugvorgang des Ge-
bisses ihn nach wie vor faszinierte.

Er trainierte diese Technik selbst immer
wieder und hatte es zu erstaunlicher
Fertigkeit gebracht. Das Schmatzge-
räusch, das er produzierte, war dem
der Oma täuschend ähnlich.

Zum Leidwesen der Erwachsenen
machte er dieses Geräusch nach, vornehmlich beim Essen, wenn der Oma
das Ding beim Zubeißen verrutscht

war. Er sah sich wegen seines authentischen Schmatzens dauernder Kritik ausgesetzt.

„Aber die Oma macht's doch auch und viel öfter", entgegnete er, ohne jedoch damit auf Verständnis der Erwachsenen zu stoßen.

Also, die Großmutter saß mit ihrer Nachthaube im Bett wie ein Gespenst, das nicht richtig sprechen konnte, und der Vater versuchte ihr zu erklären, dass er eine Sau gewonnen hatte.
Eine richtige, lebendige Sau mit einem richtigen Ringelschwanz - zu Neujahr!

Die Großmutter schaute ihren Sohn mit einer Mischung von mittlerem Entsetzen und fortgeschrittener Zumutung an, holte tief Luft und erklärte dann schläfrig nuschelnd, aber keinen Widerspruch duldend, er hätte keine Sau, sondern einen ausgewachsenen Affen und den solle er gefälligst ausschlafen und zwar unverzüglich. Dann drehte sie sich um und zog sich die Decke über die Ohren.

„Prost Neujahr", dachte der Vater leicht irritiert und befolgte widerstrebend den Rat seiner Mutter.

Der Neujahrsmorgen war gekommen. Man gratulierte sich ausgiebig mit allen guten Wünschen und saß dann gemeinsam am Frühstückstisch und diskutierte bisweilen kontrovers und aufgeregt über die Zukunft des Glücksschweins, gewonnen bei der Tombola des TUS, als Hauptgewinn!

„Was machen wir jetzt mit dere", wollte Tante Luise wissen, „wollen wir sie gleich schlachten, oder verkaufen? Behalten wollen wir sie sicher nicht, wo um Gottes Willen soll sie denn grunzen Tag und Nacht. Im Waschhaus vielleicht?"

„Obwohl, eine frische kleine Sau schmeckt ganz gut mit Kartoffelklößen und viel Soße", bemerkte Oma:

„Hallo, es ist ein Glücksschwein!" Dieser Hinweis kam von der Mutter und hatte Gewicht.

Er wurde zum Anlass genommen sich nochmals reihum ein gutes „Neues Jahr" zu wünschen. Es wurde gedrückt und geküsst. Auch für den kleinen Jungen, der die überaus feuchten Küsse der Oma mannhaft ertrug und sich nicht sofort nach dem Empfang der glitschig schmatzhaften Zuwendung mit dem Ärmel das Gesicht trocken rieb, hatte der Neujahrsmorgen diesmal nur ein Thema: Die Sau.

Mutter war eine sehr gebildete Frau mit sehr viel Anstand und Würde. Im Gegensatz zu den anderen Familienmitgliedern, deren Hauptmerkmal mehr auf unverrückbare Bodenständigkeit gerichtet war, mit klaren Vorstellungen wie Leben zu funktionieren hatte und noch viel mehr, wie eben nicht. Und deren Anstand mehr geprägt war von den Lebensumständen vor und nach dem Zweiten Weltkrieg.

Ganz deutlich wurde dieser Umstand, wenn der Vater den kleinen Hund des Jungen namens Teddy auftreten ließ wie einen Tanzbären im Zirkus. Es war das Neujahrsknobelienchenritual - Teddy bekam zum Anlass des neuen Jahres zwei kleine Würstchen, Knobelinen genannt, die er sich verdienen musste.

Auf den Hinterbeinen tanzend, sich im Kreis drehend unter dem vehementen Beifall der Familie bekam er in kleinen Portionen die Würststückchen verabreicht, extraklein, damit er tanzen musste bis ihm fast schwindelig wurde.

Mitleid mit dem so provozierten Tier hatten lediglich die Mutter und der Sprössling, der den Fortgang mit lautem Gaumenschnalzen begleitete. Als „zart besaitet" konnte man den Rest der Familie weiß Gott nicht bezeichnen, die den armen Teddy immer wieder anfeuerte.

Zum Abschluss gönnte sich der Vater dann noch eine mit dem Hund eintrainierte Obszönität, die besonders seinem Zeitgeist und seiner Gesinnung entsprechend der Darbietung entsprach.

„Wie machen die Amimädchen?" war das Kommando an Teddy. Brav legte sich der Hund dann auf den Rücken, streckte alle Viere in die Luft und wackelte obszön mit dem Hinterteil.

Dann bekam er den Rest der Wurst.

Ob dieser Vorstellung brachte die Mutter ihre äußerste Missbilligung zum Ausdruck, ohne jedoch den Vater damit wirklich zu beeindrucken. Im Gegenteil, er empfand sich als besonders genial ob seiner Vorführung und bedachte den Hund mit schenkelklopfendem Beifall.

Die Tante protestierte auch einigermaßen irritiert, hatte sie doch einen „Amifreund", der sie regelmäßig am Wochenende zur gemeinsamen Körperwaschung im Bad der Tante im ersten Stock des Hause aufsuchte. Der Vater zog seine Schwester ebenso regelmäßig wie anzüglich damit auf.

„Und", fragte er sie, „kommt der Kilian am Samstag wieder und schruppt dich am Buckel, freust du dich schon?"

Allgemein wurde er dann aufgefordert doch solche Äußerungen vor dem Jungen gefälligst zu unterlassen.

Der kleine Junge konnte die diesbezügliche Aufregung nicht nachvollziehen, wurde ihm doch selbst auch am Wochenende der Rücken gewaschen.

Alles in allem, das Leben in der Familie war jetzt schon einigermaßen turbulent und nun kam auch das noch mit der Sau dazu.

Gemeinsam hatte man diese im Schuppen besichtigt. Vater hatte die Familie mit der Sau und deren unverwechselbarer Ausdünstung bekannt gemacht. Er hatte den schweren Deckel auf dem Kasten beiseite geschoben und so den Familienneuzugang präsentiert.

Das Tier grunzte freundlich mit dem rosafeuchten Schweinerüssel, wackelte mit dem Ringelschwänzchen und blickte mit kleinen aufgeweckten Augen von einem zu andern. Neugierig schauten alle in die Kiste und hielten sich die Nase zu, außer der Oma.

„Habt ihr noch nie eine Sau gerochen?" fragte sie die Anwesenden, ohne wirklich eine Antwort zu erwarten.

Sie hatte die kleine Sau bereits ins Herz geschlossen, als sie verkündete, sie behalten und füttern zu wollen.

„Die ist ja viel zu klein zum Schlachten, die muss erst einmal eine richtig dicke, fette Sau werden, und dafür werde ich sorgen."

So kam es, dass der Vater einen Saustall mit Trog im Schuppen bauen musste, winterfest, schweinegerecht mit Futterklappe, sowie Be- und Entlüftung.

Also die Sau war eingemeindet und durfte ihr neues Domizil beziehen und es schien ihr zu gefallen.

Danach kehrte die gewohnte Normalität wieder ein und man hätte glauben können, die Sau hätte es in der Familie immer schon gegeben. Die Oma ging ganz in der Sauhaltung auf, fütterte fleißig mit Hausabfällen und allem Möglichen, was fressbar war und im Lebensmittelladen der Eltern nicht mehr verkauft werden konnte. Das kleine Schwein machte sich gut, und auch der Onkel Erwin, der zu Besuch kam, äußerte sich lobend über die augenfällig prächtige Entwicklung des Silvesterhauptgewinnes und freute sich mit der Verwandtschaft.

„Erwin", fragte die Tante leise, „ ist das eigentlich mit der Tombola bei der Verlosung alles so mit rechten Dingen zugegangen, dass ausgerechnet mein Bruder als Mitvorsitzender des Vereins den Hauptgewinn gezogen hat?"

„Wir haben nichts gemacht", sagte der Onkel erklärend, „es gehört ja auch Glück dazu, das Hauptlos zu gewinnen."

„Ja schon", erwiderte die Tante skeptisch, die ihren Cousin und ihren Bruder nur zu gut kannte, immerhin war sie ja mit beiden aufgewachsen und auch oft genug in deren Machenschaften mit verstrickt gewesen.

Beide antworteten wie aus einem Munde. „Wir haben nichts gemacht, Luise, Hand aufs Herz", und dabei setzten sie die unschuldigsten Gesichter auf, deren sie fähig waren.

Die Tante war nicht so leicht zu überzeugen. „Nichts oder gar nichts?" Wollte sie wissen. „Na ja", meinte der Onkel, „so gesehen also rein gar nichts, könnte man vielleicht nicht sagen, aber nix ganz bestimmt", und zwinkerte verschmitzt mit einem Auge.

Die Tante war geneigt offenbar mit dieser Darstellung ihre Neugierde als befriedigt zu betrachten und verstummte mit einem wissenden Lächeln.

„Ich weiß gar nicht, was du willst Luise, im Krieg, damals in Stalingrad bei Minus 38° C und nichts richtiges zu schnabulieren, was hätten wir uns über eine Sau gefreut, immerhin wären wir fast verhungert, damals".

Es folgten dann unglaubliche Geschichten über Schützengräben, gefrorene tote Russen, erschossene Kameraden, offene Brüche, aufgeschlitzte Bäuche mit entsetzlich blutigen Verletzungen. Die Tante wurde blass und blässer und dachte an ihren Ehemann Hans, der in Stalingrad vermisst wurde und war den Tränen nahe.

Die Szenerie spielte sich beim gemeinsamen Abendessen mit Wurst, Leberkäse, Gurken und Brot aus dem Spessart ab. Man saß andächtig um den Tisch auf der Eckbank, und während der Onkel in voller Fahrt in Stalingrad war, brachte keiner der Zuhörer auch nur einen Bissen hinunter. Seine Erzählungen jedoch gingen ungebremst weiter.

Eines Tages war es dem Onkel und seinem Kriegskameraden Ludwig in einer Feuerpause gelungen, eine Katze zu fangen.

„Wir haben sie in einen alten Wehrmachtskittel gewickelt und vor den anderen Landsern versteckt. Am Abend haben wir sie dann in der Küche eines verlassenen Russenhauses geschlachtet, wie einen Hasen ausgenommen und dann über dem Feuer gebraten. Es roch fantastisch, und wir glaubten schon, die anderen hätten etwas mitbekommen, wollten wir doch den falschen Hasen für uns alleine haben. Gott sei Dank, hat es keiner gemerkt, und als die Katze durch und knusprig war, sind wir wie die ausgehungerten Wölfe darüber hergefallen.

Das war ein Fest nach so langer Zeit. Wir bissen hinein, dass uns das Fett über die Backen spritzte bis zu den Ohren. Alles bis auf den letzten Knochen wurde abgenagt. So vollgefressen konnten wir uns nun kaum mehr bewegen und prosteten uns mit dem hochprozentigen Inhalt der Flasche Wodka zu, die mein Freund Ludwig requiriert hatte. Die Situation war saugut, bis zu dem Zeitpunkt, als uns allmählich schlecht wurde.

So viel fettes Fleisch waren wir auf dem Russenfeldzug einfach nicht mehr gewöhnt!

Die Blähungen und das Reißen in den Gedärmen hielt die ganze Nacht bis in den nächsten Tag an. Und genau da kam der überraschende Großalarm. Die Russen schossen aus allen Rohren, und wir wehrten uns aus den Schützengräben mit allem was wir hatten – und soviel war das auch nicht mehr. Mitten im Gefecht bekam ich dann eine fürchterliche Scheißerei.

Die Deckung konnte ich bei dem Dauerfeuer nicht verlassen und bei minus 40°C war „Hose runter" ein Todesurteil.

„Scheiß einfach in die Hose", rief zwischen den Schüssen mein Kamerad Ludwig.

„Das hätte er mir nicht sagen brauchen. Eine Wahl hätte ich sowieso nicht gehabt.

Also ließ ich dem Ungewitter in höchster Not freien Lauf und schiss mich voll an. Man glaubt nicht, was ein falscher Hase für einen dicken Haufen produziert. Meine Hosen hingen mir wie ein Rucksack am Arsch."

Die Damen der Runde fielen bei derart erzählerischer Drastigkeit von einem Entsetzen ins andere. Den Redefluss konnten sie jetzt sowieso nicht mehr stoppen und so ergaben sie sich fast ohnmächtig der Situation.

Der kleine Junge hing dem Onkel wie hypnotisiert an den Lippen und überprüfte zwischendurch heimlich, ob seine Hose noch trocken war. Die Schilderungen nahmen ihn sehr gefangen, und die Temperaturen fielen in der Erzählung sibirisch weiter. Der Rucksack zwischen des Onkels Beinen wurde kälter und kälter. Er begann am Hintern und am Geschlecht festzufrieren. Zunehmend wurde er immer bewegungsunfähiger. Und die Russen feuerten unvermindert. Wenn er nicht sofort aus dem Schützengraben kam, konnte er sich überhaupt nicht mehr bewegen und würde jämmerlich in seinem eigenen Saft erfrieren.

Die Not war groß. Ringsum schlugen die Geschosse ein. Guter Rat war teuer, und die Zeit lief ihm davon.

„Ludwig ich kann nicht mehr", rief er seinem Kameraden zwischen den Geschosseinschlägen zu, „lass dir was einfallen" rief er in höchster Not, „der Scheißrucksack bringt mich um."

Der Kamerad hatte, Gott sei Dank, eine grandiose Idee. Entschlossen zog er sein Kampfmesser aus dem Futteral, robbte hinter den Onkel und trennte ihm mit gekonnten Schnitten den vollgeschissenen Hosenrucksack ringsherum ab, bis auf die Haut, riss ihn herunter und warf ihn in hohem Bogen aus dem Graben auf das Dach des Schützenbunkers.

Das Gemächt und das Hinterteil des Onkels waren blaugefroren und taub.

„Ich spür nichts mehr, Ludwig", schrie der Onkel aus voller Kehle angstvoll, um den Kampfeslärm zu übertönen.

Da fasste Ludwig erst in den Schneehaufen und dann dem Onkel mit dem Schnee zwischen Beine und Backen, solange, bis das angefrorene Blaubraun einem aufgeriebenen Feuerrot wich.

Der Onkel schrie wie am Spieß, während Ludwig seinen Kameraden mit eiskalten Schneehänden ins normale Gefühlsleben zurück rieb.

„Ich glaub, jetzt spür ich wieder was", rief er erleichtert.

"Du hast mir das Leben gerettet, Ludwig", stotterte er und nahm dankbar die Militärdecke an, um sich damit die nackten Tatsachen einzupacken.

„Bis dahin hätte ich nie gedacht, dass man sich selber ins Jenseits scheißen kann", sinnierte der Onkel am Ende seiner mitreißenden Geschichte.

„Man lernt halt nie aus", sagte der Vater zu ihm, während der Onkel die Augen nach Russland gerichtet bemerkte: „Ja, wenn wir damals so eine Sau gehabt hätten, wie du Peter, dann wäre das alles nicht passiert, glaub ich."

Niemand wollte ihm widersprechen, so gefangen waren alle noch von dem qualvollen Russlandschiss.

Nach einer guten Weile jedoch, kehrte auch die Normalität wieder ins Gespräch ein und mit neu aufkeimendem Appetit konnte zu Ende gegessen werden.

Zum Schluss des Abends wurde dann der Onkel - sollte es irgendwann zum Schlachtfest mit der Sau kommen - herzlich dazu eingeladen und alle freuten sich schon darauf.

Als Abschiedsvorstellung zeigte der Vater seinem Gast die Sache mit dem Hund und den „Amimädchen" und erntete großen Beifall bei ihm.

Man war sich einig, und die Welt in Ordnung - jedenfalls für die beiden Männer.

Die Sau entwickelte sich weiterhin gut. Jeden Tag bekam sie einen Freigang im Hof von der Oma genehmigt. Grunzend lief sie herum, und Teddy trottete ihr hinterher. Wenn die Sau sich dann am Pfosten vom Hühnerfreigehege, genannt "Hinkelsbungalosche", kräftig rieb und kratzte, war auch für die Oma die Welt in Ordnung.
Das offensichtliche Wohlbefinden der Sau war für sie die Bestätigung in ihrer Aufzucht alles richtig zu machen. Sie stand auf ihren Gehstock gestützt mitten im Hof und genoss das Treiben des lebendigen Tieres mit sichtlichem Wohlbehagen.

So gingen die Tage dahin. Der Hund und das kleine Schwein entwickelten ein gemeinsames Spiel. Das Rüsseltier rannte grunzend und quiekend im Kreis um die Oma herum und Teddy kläffend hinterher. Oma sah zu, drehte sich ebenso im Kreis so lange, bis ihr schwindelig wurde und sie anfing zu torkeln. Sie schnappte nach Luft und versuchte sich zu stabilisieren, um nicht mitten im Hof vor der wilden Jagd zusammen zu brechen.

Die Schweineohren flogen auf und ab, als wollten sie dem Tier helfen zu fliegen. Der Hund versuchte, der rennenden Sau in die Fesseln zu beißen, und der kleine Junge war von der Szenerie fasziniert und klatschte in die Hände. Innerlich wettete er mit sich selbst, ob es die Oma nun umschmeißt oder nicht. Es waren tolle Nachmittage.

Dann, zur großen Freude der Tante, kam Kilian zum Wochenende zu Besuch. Aus der Piex brachte er Geschenke mit, wie Nylonstrümpfe, Schokolade, Gebäck und vor allem Lucky Strike, stangenweise.

Außer der Oma und dem kleinen jungen pafften alle. Die Familienmitglieder freuten sich und Kilian blieb zum Essen und anschließend zum Baden.

Wenn er dann gut gelaunt mit Tante Luise in den ersten Stock ging, um zur Tat zu schreiten, musste der kleine Junge im Parterre bleiben. Er wusste nicht so genau, warum er nicht nach oben durfte, und wenn er dann zur Toilette ging, hörte er die Tante im ersten Stock auf dem Gang leise singen oder wimmern. Zwischendrin rief sie dann lauter:

„Nein, nein, nicht", und dann wieder: „Oh Gott, ja, ja gut so!"

„Typisch", dachte er dann, „die Tante weiß immer noch nicht, was sie eigentlich will."

Und als sie dann laut aufschrie, dachte er:

„Warum muss er denn auch die harte Bürste nehmen, er könnte es ja auch mal mit dem Schwamm probieren – zumal ihm die Tante ja gar nicht so schmutzig vorgekommen war. „

Aber wie genau kann das ein kleiner Junge denn schon wissen?

„Jedenfalls ganz bestimmt ein ganz schönes Stück Arbeit, die Tante richtig sauber zu schruppen", dachte er bei sich und erinnerte sich noch an den voluminös zerklüfteten Körperbau der Tante, als er einmal unversehens in das Bad lief und dann die Tante splitternackt in der Wanne stand und erschrocken versuchte mit den Händen abzudecken, was trotz größter Mühe nicht zu verhüllen war. An die mächtigen Gebilde und Kurven überall, also von oben bis unten, erinnerte er sich genau. Sie schrie währenddessen, er sollte sich gefälligst mit den Händen die Augen zuhalten. Er folgte ihr aufs Wort und schaute dann listig durch die gespreizten Finger. Der strotzende Frauenkörper beeindruckte ihn sehr, und um das Bild, das sich ihm bot, nicht zu verzerren, hielt er die Luft an.

Im Moment jedoch dachte er an Kilian, der mit der Bürste überall darüber, darunter und auch zwischendurch fahren musste, damit die Gründlichkeit zu ihrem Recht kam.

„Eine Sauarbeit ist das", dachte er. „Erst alle beschenken und dann noch die Tante schrubben müssen, ein armes Schwein der Kilian."

Mitfühlend und mit bedauernden Gedanken ging er zurück zur Familie, die noch gemütlich im Zimmer auf der Eckbank saß. Weiterer Besuch war eingetroffen. Onkel Erwin erwies sich wieder einmal die Ehre und erzählte - wie meistens - spannende, unglaubliche Geschichten.

Es ging ums Schifahren im Kleinwalsertal. Dort war er mit seinem Freund dem Phillips Max vor kurzem mehrere Tage zum Urlaub auf der Piste. Wie er seinem interessierten Publikum wissen ließ, wohnten sie in einer privaten Pension bei Frau Schuster in einem Haus ganz aus Holz, das sehr gemütlich war. Tagsüber waren sie auf der Abfahrt und fuhren im Schuss so lange, bis die Skihose von Max vor lauter Anstrengung mitten im Schritt von vorne bis hinten aufplatzte und er mit flatternder weißer Unterhose schreiend und gestikulierend ins Tal schoss und der Onkel laut brüllend vor Lachen hinterher.

So hinterließen die beiden auf der Piste einen bleibenden Eindruck und wurden in den nächsten Tagen von allen Seiten wissend gegrüßt.

„Da sind die wieder, die von gestern, du weißt schon, die in der Unterhose auf der FIS-Abfahrt. „

Aber nicht nur im Schnee hatten die beiden unverkennbare Duftmarken gesetzt, sondern auch in der Pension. Abends kochte der Onkel Pellkartoffel und dazu gab es von zu Hause mitgebrachten hausmacher Schwartenmagen, Pressack und Leberwurst, und alle waren eingeladen, dafür waren die Getränke für die beiden Kameraden umsonst.

In der Nacht, wenn alle in den Betten lagen und schlafen wollten, hustete und räusperte der Max und schnarchte der

Onkel Erwin so anhaltend, dass sich die Balken bogen. Keiner der Mitbewohner fand so richtig die Entspannung im Schlaf und in der Folge saßen sie übernächtigt am Frühstückstisch des neuen Tages.

Die einzigen Gutgelaunten waren der Erwin und der Max, und als der Onkel seinen Freund beschuldigte, er hätte beim Husten so vibriert, dass schon die Nägel aus der Holzwand überm Bett herauswandern würden, bekamen auch die Unausgeschlafenen wieder gute Laune.

Auch die um ihre Gäste besorgte Familie Schuster, die die beiden lebenslustigen Herren noch zwei Tage ertragen mussten, war versöhnt.
„Ins Gästebuch", so der Onkel, „haben wir dann geschrieben:
Danke es war sehr schön, liebe Familie Schuster, wir kommen wieder, „der Schnarcher und der Huster!"

Ob sie die Drohung jedoch jemals wahr gemacht haben, hat der Onkel nicht überliefert. Dennoch gefiel dem kleinen Jungen die Geschichte sehr.

Am nächsten Tag war die Sau wieder im Hof und rannte wie meistens im Kreis um die Oma. Aber einiges hatte sich entscheidend verändert. Sie war dank der guten Pflege schon ziemlich stattlich geworden und jagte ihrerseits jetzt hinter dem Hund her und versuchte diesen in den Schwanz zu beißen.
Die Sau hatte die Herrschaft übernommen, das war eindeutig zu erkennen. Das Tempo war hoch, die Oma vom dauernden Umdrehen schwindlig, und als die Sau den Gehstock der Oma streifte, verlor sie das Gleichgewicht und fiel um.
Da lag sie nun mitten im Hof, schreiend und fuchtelnd und konnte nicht mehr aufstehen. Die Tante Luise hörte das Hilfegeschrei ihrer Mutter und eilte hurtigen Schrittes herbei, um zu helfen. Die Oma war böse auf die Sau und

schimpfte so laut und heftig, dass ihr mehrmals „das Ding", das so oft angesaugt werden musste, davon zu fliegen drohte.

Der kleine Junge, der seinen Beobachtungsplatz am Wohnzimmerfenster hinter dem Geranienkasten - für die anderen unsichtbar - bezogen hatte, schnalzte heftig mit dem Gaumen, so als wollte er der Oma helfen, das Beiß- und Sprechwerkzeug wieder in eine funktionsfähige Position zu bringen.

Mittlerweile auf den Knien rutschend und auf die Tante gestützt, schimpfte und fluchte sie unvermindert weiter.
Die Sau indessen war unbeeindruckt von dem Missgeschick der Großmutter. Völlig entspannt kratzte und rieb sie sich mit dem Buckel an den Dachlattenpfosten des Hühnerpferches so, dass der ganze Drahtverhau ins Wanken kam, und die Hühner aufgeregt auffolgen und panisch gackerten. Auch das Huhn Lina.

Es war das hässlichste Huhn, das der kleine Junge je gesehen hatte. Meistens stand es auf einem Bein und schüttelte dauernd mit dem Kopf, sodass der ausgebleichte blassrosa Kamm von einer Seite auf die andere fiel. Dieses komische Gebilde war offenbar derart labil, dass es nicht senkrecht stehen konnte, so wie bei den anderen Hühnern. Und dann noch das zerzauste Gefieder von unerklärbarer Farbe, ein Durcheinander von braun, grün und rot, je nachdem, von wo die Sonne drauf schien. Dass so ein Hinkel überhaupt im Stande war, Eier zu legen, war für den Jungen unbegreiflich

Trotz allem, die Tante hatte Lina ihr Lieblingshuhn vom Land, wo sie früher wohnte, in den Kriegswirren mit in ihr Elternhaus gebracht und liebte dieses Musterexemplar an Hässlichkeit über alles.

Lina bekam ab und zu sogar Extrafutter von Tante Luise. Anschließend platzte die Tante jedes Mal fast vor Stolz, wenn sie dann die frisch gelegten Linaeier der Familie präsentierte. Es waren tatsächlich die dicksten Eier der ganzen Hühnerschar und sogar der Vater schüttelte staunend das Haupt, wenn er anerkennend seine Schwester lobte.

„Wie du das bloß machst, Luise, das mit der Lina und den dicken Eiern macht dir so leicht keiner nach."

Und wieder hob die Tante dieses unmögliche Eiertier vom morastigen Hühnerpferchboden hoch und drücke es anerkennend an ihren ausladenden Busen.

„Du legst halt doch die schönsten und dicksten Eier, gell mein Linachen, mein braves."

Der kleine Junge prüfte bei Gelegenheit unauffällig das Loch unten an der Lina, da wo die Eier raus kamen, ob es denn wirklich größer wäre, wegen der dicken Eier. Aber einen wirklichen Unterschied gegenüber den anderen Hühnern konnte er nicht feststellen. Und so blieb es Linas Geheimnis, das mit dem

Loch und den ungewöhnlich dicken Eiern.

Die Monate gingen ins Land. Die Sau hatte an Größe und Umfang nochmals kräftig zugelegt. Zur Besichtigung hatte sich die Familie im Hof eingefunden.
Vom Vater und von Kilian wurde sie auf ungefähr zwei Zentner geschätzt. Sehr zum Wohlgefallen der Oma, die ihr Gebiss ansaugte und dann stolz verkündete:
„Ja von Säu (die Mehrzahl von Sau) versteh ich halt was, gell ihr Leut!"

Ja, wer hätte an dieser Stelle widersprechen können oder wollen?
Auch die Sau grunzte zustimmend und schabte sich den Schweinebuckel am Eckpfeiler des Hühnerpferches.

Der Vater registrierte das bedenkliche Knacken des Holzlattengerüstes und versuchte mäßigend auf die dicke Sau einzuwirken. Von seinen Bemühungen wenig beeindruckt, kratzte sich das Tier zunehmend heftiger am Stützpfeiler. Der Vater nun schon aufgebracht, griff sich den Hofbesen und begann damit die Sau zu traktieren.

Das bis dahin friedliche Tier wurde nun aggressiv und grunzte heftig gefährlich in Richtung des Angreifers mit dem Besen, ohne jedoch die Schaberei am Pfosten zu unterbrechen.

„Hach doch die Sau nicht so", schrie die Oma.

„Die wird dich gleich fressen Peter, "rief die Tante.

„Du weißt, ich kann kein Blut sehen!"

Der kleine Junge wusste aus Erfahrung, wie schnell in dieser Familie die Stimmung umschlagen konnte und brachte sich mit seinen Hund Teddy auf der Hoftreppe in Sicherheit.

Indessen ging das Spektakel weiter. Die Sau hatte den riesigen Rüssel aufgerissen und schnappte nach dem Besenstil, mit dem sie verprügelt wurde.

Alle schrieen unversehens durcheinander und die Sau wurde immer wilder.

Um dem Besenstiel auszuweichen, warf sie sich zurück und somit in voller Wucht auf den Holzeckpfosten des Hühnerdrahtverhaues.

Mit plötzlichem Krachen gab dieser seinen Geist auf, brach zusammen und mit ihm die gesamte Hühnerstalleinfriedung.

Das ganze Gebilde war jetzt nur noch ungefähr einen Meter hoch und die Hühner hatten sich mit panischem Geschrei zum Teil im Draht verfangen.

Die Sau rannte wie angeschossen im Kreis, der jetzt noch zorniger mit dem Besen auf die Sau einschlagende Vater hinterher, die Oma stand kreidebleich und nach Luft ringend an der Stalltür, und die Tante Luise schrie in den höchsten Tönen nach Lina

„Mein Linachen, wo bist du, ach Gott, ach Gott Lina!"

Das Geschehen war unglaublich. Was jetzt kam, konnte nach Einschätzung des Jungen nur noch gefährlicher werden. Er packte seinen Hund fester am Halsband und verschwand im Haus. Er suchte sein Heil in der Flucht, während die Sau die Hühner mit dem gesamten Hühnerstall sowie die Lina und der Rest der Familie buchstäblich im Chaos versanken.

Der nächste Tag war ein Sonntag, und alles andere als ein friedlicher - und er sollte noch sehr blutig werden. In Ermangelung eines brauchbaren Hühnerpferchens und wegen der standhaften Weigerung des Vaters, einen neuen zu bauen - der alte lag ja nach dem Schweinespektakel in Trümmern - waren die Stunden der Hühner gezählt.
Die Entscheidung war sozusagen im Familienrat getroffen worden.
„Weg mit de Hinkel, die Hinkel müssen fort."

Allen Hühnern soll kurzerhand der Kopf abgehackt werden, so lautete das Urteil.

„Außer meiner Lina, nur über meine Leiche", hatte Tante Luise heftig widerstrebend einzuwenden.

„Das ist mir völlig egal, was du mit der Lina machst", sagte der Vater,

„am besten du nimmst sie mit in dein Bett, bevor ich den Hinkeln den Garaus mache, der Kilian wir sich freuen."

„Was hab ich für einen gefühllosen, rohen Menschen zum Bruder?" beschwerte sich die Tante.

„Womit hab ich den bloß verdient?"

„Weil du immer so vorlaut bist, Luise", sagte die Oma und zeigte mit dem ausgestreckten Zeigefinger auf die Lina.

„Und außerdem, das Hinkel kommt mir nicht ins Haus!"

Und dann wurden die Hinrichtungsvorbereitungen zum Hühnerschlachtfest getroffen.

In der Halle wurde der schwere Hackstock in die Mitte gerückt, das Beil mit dem gebogenen Stiel penibel geschärft, Behältnisse für Federn und Abfälle bereit gestellt, ebenso Blecheimer zum Ausbluten der geschlachteten Viecher. Und dann ging es los auf das heftigste.

So kam es dann, dass der kleine Junge zum ersten Mal in seinem Leben ein ausgewachsenes Huhn in der Halle mehrere Kreise fliegen sah, ohne Kopf, bis es dann an die Mauer klatschte und weiter flatternd allmählich auf den Boden fiel. Blut floss stoßweise aus dem Loch im nackten Hals.
Inzwischen lag der abgehackte Kopf auf dem Hackstock, riss den Schnabel auf und zuckte mit den Augenliedern.

Der kleine Junge spürte wie es ihm den Magen umdrehte, und er begriff, dass er diesem Schauspiel nicht gewachsen war. Kreidebleich und heftig zitternd wurde er von der Mutter ins Haus gebracht.
Bei heißer Milch mit Honig kehrten seine Lebensgeister wieder zurück.

Anschließend spielte er mit seinem Hund Teddy im Wohnzimmer verstecken, während im Hof und in der Halle das blutige Gemetzel seinen Fortgang nahm.

In der Folgezeit gab es dann hauptsächlich Hühner zu essen. Huhn gekocht, gebacken, paniert, gegrillt und zwischendurch Hühnersuppe, Hühnerschenkel, Hühnerbrust, Huhn gefüllt und Hühnerinnereinen.

„Willst du noch ein Schenkelchen", wurde der kleine Junge von der Oma gefragt, die gerade dabei war, einen Hühnerhals abzuzuzzeln und dabei Mühe hatte, das Ding, das immer angesaugt werden musste, nicht zu verlieren.

„Nein, danke", sagte der Junge höflich, „ich hatte schon drei."

Es war unzweifelhaft die Zeit des Huhns. Und sie hielt lange an, sehr lange.

Dem Kilian hing das Hühnerfleisch offenbar auch schon zum Hals heraus. Er kam nicht mehr.

Zum großen Leidwesen der Tante. Sie wurde immer zänkischer.

„Kein Wunder", dachte der kleine Junge, „ sie wird ja immer dreckiger, wenn sie so lange nicht geschruppt wird. Und wem gefällt das schon auf Dauer!"

Auch die Sau wurde mit reichlich Huhn gefüttert und schmatzte laut und genussvoll vor ihrem Trog.

Neben der Sau stand dann das Huhn Lina mit den dicken Eiern auf einem Bein und fraß einträchtig mit seiner neuen Freundin gemeinsam aus dem Schweinetrog.

Es war die geistreiche Idee der Tante gewesen, der Lina eine Stange in den Saustall nageln zu lassen, in einer huhngerechten Höhe von etwa anderthalb Metern.

Da saß es nun, das Wunderhuhn auf seinem Stängel und gackerte, während die Sau im Stroh lag und grunzte.

„Dass die Lina das aushält bei dem Gestank, den die Sau entwickelt", dachte der kleine Junge.

„Riesenloch zum Eierlegen, aber keine Nase zum Riechen. Man kann eben nicht alles haben im Leben."

Aber dann war irgendwann die Hühnerzeit vorbei, und Kilian kam wieder zu Besuch.

Auch diesmal hatte er wie schon früher, reichlich Geschenke dabei aus der PIEX. Alle freuten sich, nur die Tante schmollte. Sie wollte auch kein Badeschruppritual.

Das war ganz ungewöhnlich. Dieses Verhalten von ihr fiel allen auf, auch dem kleinen Jungen. Er konnte sich keinen Reim darauf machen.

„Sonst war sie doch ganz wild auf die Baderei!"

Zur Schlafenszeit, die Tante war im Hausmantel und der kleine Junge schon im Nachthemd, nahm sie ihn mit in ihr Schlafgemach und Kilian trottete hinterher.

„Irgendwie Schuld geplagt, der Kilian", dachte der kleine Junge, als es sich die Tante in ihrem Bett gemütlich gemacht hatte und sich den kleinen Jungen rücklings auf den weichen Bauch gelegt hatte.
Er fühlte sich fast wie angesaugt auf dem weichen ausladenden Frauenkörper. Das hatte sie noch nie mit ihm gemacht!
Mit den Beinen lag er in der Schlucht ihrer üppigen Oberschenkel, im feuchten Moos und mit dem Kopf mitten im Tal des links und rechts mächtig aufragenden Gebirges. Es fühlte sich alles sehr angenehm an. Hören, was gesprochen wurde, konnte er so gut wie nichts wegen der drangvollen Enge beidseits seiner Ohren.

Aber mit dem linken Auge sah er sozusagen direkt über dem Gipfelkreuz den

Kilian auf einem Stuhl vor dem Bett sitzen.

Er hatte sonderbar glasige Augen und offensichtlich Schluckbeschwerden. Jedenfalls hüpfte sein Adamsapfel völlig unrhythmisch auf und ab, und er hatte Schweißperlen auf der Stirn.
„Er wird doch nicht krank sein, der Arme", dachte der kleine Junge, als seine Mutter das Schlafzimmer der Tante betrat - auf der Suche nach ihm.

„Luise, das kannst du doch nicht machen, das ist gegen die guten Sitten, der arme Junge. Und Luise, jetzt schau dir doch mal den Kilian an, ja bist du denn von allen guten Geistern verlassen, das hat der nicht verdient. Da hast du viel gut zu machen. Und gib den Jungen her, der muss jetzt schlafen gehen!"
Die Mutter war sehr angespannt und bestimmt.
So musste er sein wohliges Lager aufgeben, und er folgte seiner Muter an der Hand in Richtung seines Zimmers.

Auf dem Gang hörte er dann das vertraute Rufen und Klagen der Tante.
„Oh Kilian, oh heilige Maria Mutter Gottes, oh ja, mach's wieder gut!"
Er dachte:
"Wieso singt sie denn jetzt schon, ohne Bad und ohne Bürste?"
Was er damals noch nicht wissen konnte war, dass der Kilian bereits mitten ins Gebirge unumwunden eingestiegen war und das nasse Moos mit allergrößtem Eifer umzupflügen begonnen hatte.
„Und wir sind jetzt auch bereit zum Nachtgebet", sagte die treu sorgende Mutter zu ihrem Sprössling.
„Lieber Gott, mach mich fromm, dass ich in den Himmel komm, Amen!"

Sie küsste ihn liebevoll auf die Stirn und überließ ihn dem Sandmännchen. Wieder war ein aufregender Tag zu Ende gegangen.

Die Wochen gingen dahin. Und dann, eines schönen Tages, wurde die Lina vermisst.

Die Tante, die sie füttern wollte, kam völlig verstört aus dem Stall zurück. Die Lina war einfach verschwunden und unauffindbar. Lediglich ein großes, weißes Ei hatte sie im Stroh gefunden.

Der Vater bot sich an, die Lokalität Saustall und Umgebung nochmals gemeinsam in Augenschein zu nehmen. Der Vorschlag wurde dankbar aufgenommen, besonders von der besorgten Tante Luise, und so setzte sich die Familienprozession Richtung Stall in Gang.

Im Halbdunkel der Schweineheimat musste sich erst das Auge an die diffusen Lichtverhältnisse und dann die Nase an die Penetranz der Ausdünstungen des Rüsseltieres gewöhnen.
Als wieder alle schnaufen und die Umgebung erahnten konnten, sah man, dass die Stange über der Sau leer war. Kein Huhn war zu sehen.
Die Sucherei wurde ausgedehnt auf die umliegende Umgebung wie Vorratskammer und Holzlager. Außer Mäuse-

speck, Kartoffelsäcken, und Spinnenweben war nichts Ungewöhnliches zu entdecken. Schon gar nicht das Lieblingshuhn der Tante Luise.
Bis der Vater in die angespannte Stille der Suchenden zu hören war. Er rief:

„Ich hab sie, ich hab die Lina gefunden!" und gleich darauf hielt er eine Hühnerschwanzfeder in die Höhe.

Die Tante fiel vor Entsetzen fast in Ohnmacht und versuchte sich an der ebenfalls wackelnden Oma abzustützen. Omas Stock rettete den beiden das Gleichgewicht.
„Gott sein Dank, das hätte noch gefehlt, dass die beiden sich im Schweinestall wälzten", dachte der kleine Junge.

„Das ist die Lina", war der Vater wieder zu hören, als er wie beschwörend wieder die Schwanzfeder präsentierte, oder besser das, was von ihr noch übrig war.

Er blickte in nicht verstehende Gesichter.

„Ei, die Sau hat die Lina gefressen, mit Stumpf und Stingel, alles, bis auf diese Feder!"

Die Tante brach ob dieser Erkenntnis in einen Heulkrampf aus, wie vom Blitz getroffen und die Oma kämpfte gegen die Gänsehaut. Der Stall war angefüllt mit Weinen, Schreien und höchstem Entsetzen.

„So eine Tat, grauslich. Von der Sau gefressen, das hat sie nicht verdient, meine Lina, mein Linachen, oje, oje."

Die Oma stimmte ihr zu mit belegter Stimme.

„Das arme Hinkel, das arme."

Der Vater war mit der Analyse der Situation fortgefahren und hatte die Erklärung seiner Annahme in der auffälligen Reglosigkeit der Sau gefunden.

Diese lag fast auf dem Buckel, bewegungslos in der Ecke des Stalles, streckte alle Viere von sich und grunzte voll- und überfressen vor sich hin. Der

Bauch war übergroß und bis zum Bersten gespannt.

„Kein Wunder", dachte der kleine Junge, „wenn man auch die ganzen Federn mitfrisst. So eine gierige Sau!"

Jedenfalls, das Drama im Stall hätte größer nicht sein können.

Auch die Mutter, die inzwischen die Stellung im Laden gehalten hatte, fiel in ungläubiges Staunen, als man ihr die Geschehnisse berichtete.

„Grausam", bemerkte sie, „die Sau hat die Lina gefressen!"

Am Abend kamen der Kilian und der Onkel Erwin zu Besuch und sie wurden selbstverständlich über das überaus entsetzliche Ereignis des Tages in Kenntnis gesetzt.

Auch sie waren sprachlos über die Fressgier der Sau, bis die Oma den Onkel erinnerte, dass der ja auch schon eine Katze gefressen hatte.

„Aber doch nicht mit Haut und Federn, respektive Haaren", verteidigte sich der

Onkel, um nicht mit der Sau auf eine Stufe gestellt zu werden.

Mit ausgiebiger Vesper und zum Schluss mit reichlich Apfelwein aus dem großen Fass im Keller verlief der Abend dann doch noch in entspannterer Stimmung. Als dann Teddy sein Kunststück mit den „Amimädchen" wieder vorführen durfte, schien die Welt wieder halbwegs in Ordnung.

Trotzdem schlief der kleine Junge in dieser Nacht sehr unruhig. Kein Wunder, wenn man im Traum von der Sau gefressen wird!

Die Tage danach waren geprägt von vielerlei Aktivitäten der unterschiedlichsten Art.

Das Waschhaus wurde umgeräumt und gründlich gesäubert. Schließlich hatten die Hühner hier einige Tage ihr Notquartier - bis zu ihrem blutigen Tod.

Tische wurden geschrubbt, Bottiche gereinigt, Schürzen und Tücher bereit gelegt und Brennholz für den großen Kessel herbeigeholt und jede Menge Messer geschliffen und gewetzt.

Die Sau hatte ausgespielt, ihr Leben verwirkt! Sie sollte geschlachtet werden. Die Tante Luise war in Hochstimmung, in Vorfreude auf das bevorstehende Schlachtfest.

„Rache für die Lina!

Der Hausmetzger war bestellt, der Termin festgelegt, die Räucherkabine eingetroffen und bereitgestellt.

Die Stunden der Sau waren gezählt.

„Bald hat sie ausgegrunzt", nuschelte die Oma und saugte an ihrem Gebiss. „Morgen ist es soweit."

Das Ganze mit der Schlachterei und dass die Sau jetzt sterben sollte, verursachte dem kleinen Jungen Unbehagen.

"Eigentlich gehört sie ja zur Familie, obwohl sie die Lina gefressen hat", dachte er.

„Wenn man die Sau die ganze Zeit mit Hühnern füttert, dann braucht man sich nicht zu wundern, wenn sie damit nicht aufhören will, und dann die Lina frisst".

Es erschien ihm einleuchtend, und die Sau tat ihm leid.

Der Totentag war gekommen. Der Metzger trat in Erscheinung. Ein kleines Männchen mit einer großen Gummischürze und einem Tirolerhut. Einen Schussapparat und ein überlanges glänzendes Messer hatte er dabei. So eines hatte der kleine Junge noch nie gesehen. Tränen stiegen ihm in die Augen.

„Wein nicht wegen derer!" sagte die Oma, „es gibt noch genug Säu auf dieser Welt."

Als es soweit war, musste der kleine Junge den Hof verlassen und erhielt von der Mutter Anweisung, im Hause zu bleiben. Das alles wäre nichts für ihn. Er wäre noch zu klein und würde es nicht verstehen.

„Was gibt's da zu verstehen?" dachte er.

„Jetzt wollen sie die Sau umbringen."

Seine Stimmung war sehr gedrückt, als er seinen heimlichen Beobachtungsplatz zwischen dem Geranienkasten am Wohnzimmerfenster zum Hof bezog.

Genau darunter befand sich das Sofa, sodass man seine Neugier über einen längeren Zeitraum bequem befriedigen konnte.

Mit gemischten Gefühlen nahm er seinen Teddy in den Arm und wies ihn an, sich still zu verhalten. Dann harrte er der Dinge, die da kommen sollten.

Und sie kamen.

Der kleine Metzger war gerade dabei, den Schussapparat zu präparieren, um dann mit dem Vater in den Saustall zu gehen.

Alle warteten gespannt auf den erlösenden Schuss.

Aber der kam nicht.

Der Metzger erschien, um neu zu laden und wieder zur Tat zu schreiten. Auch diesmal blieb der Schuss aus. Nach zwei weiteren erfolglosen Versuchen, musste der Kleine mit der großen

Schürze sich eine Schimpfkanonade des Vaters anhören.

„Was hast du dann da bloß für ein Gelump mitgebracht, um Gottes Willen. Hast du überhaupt schon einmal eine Sau geschlachtet?"

Der Metzger fühlte sich in seiner Ehre gekränkt und ging jetzt notgedrungen zu Programmpunkt zwei über.

Über der Saustalltür befand ich ein großer, mit Scharnieren aufgehängter Triangel, den er einer eingehenden Prüfung unterzog. Mit dem Ergebnis zufrieden sagte er:

„Für zirka zweieinhalb Zentner muss der halten."

Der Vater wurde nach einem dicken, langen Seil geschickt, und die Tante Luise musste die große Axt holen gehen.

Allmählich wurde klar, wie sie die Sau um die Ecke bringen wollten. Der kleine Junge hielt die Luft an vor lauter Aufregung. Die Spannung war kaum mehr zu steigern, als der Metzger und der Vater die Sau an den Ohren aus dem Stall zogen. Das Schwein schrie wie am Spieß und wehrte sich vehement und ahnte wohl, dass das letzte Stündlein gekommen war. Mit Gewalt wurde die Sau in den Hof gezogen, unter dem Triangelgalgen positioniert, die Hinterbeine mit dem dicken Seil zusammengebunden. Alles Stampfen, Treten und Umsichbeißen half nichts. Die Schreierei der Sau war gottserbärmlich!

Das andere Seilende wurde über den Triangelgalgen geworfen und straff gezogen, sodass die Hinderbeine der Sau in der Luft hingen. Das war gar nicht so einfach und die Tante musste dem kleinen Metzger helfen und hing mit ihrem ganzen Gewicht am Seil.

Die malträtierte Sau stampfte, zappelte und schrie unvermindert weiter. Der kleine Junge hielt sich die Ohren zu.

Man konnte ahnen, was jetzt passieren würde, als der Vater mit der Axt vor der Sau Aufstellung nahm und ausholte. Nach dem dritten Schlag wurde das Schreien der Sau kraftloser und das Zappeln schwächer.

Und als der kleine Metzger mit dem langen Messer der Sau in einem Zug die Kehle durchschnitt und das herausschießende Blut die jetzt schreiende Tante Luise von oben bis unten triefend rotblutig einfärbte, übergab sich der kleine Junge würgend und keuchend explosionsartig in die Geranien.

Es war vollbracht. Die Sau, die nie einen Namen hatte, war tot.

Stunden später, als er sich wieder erholt hatte, konnte er die Tante beobachten, wie sie mit gespreizten Schenkeln auf der Sau saß oder besser auf dem, was von ihr noch übrig war und in einem großen Waschbottich mit heißem Wasser schwamm. Die Tante sang mit ihrer geschulten Altstimme melodisch vor sich hin.

„Die Sau ist tot, die Sau ist tot. Hättest du die Lina nicht gefressen, hättest du jetzt nicht ausgeschissen."

Oder so ähnlich und schruppte mit einem Borstenschaber das glatt, was man als Sauwanst bezeichnet. Die Wursterei war in vollem Gang, und am Nachmittag gab es Wurstsuppe und Kesselfleisch, zu dem auch der Kilian erschien, als hätte er es geahnt, dass das Blut bereits gerührt war.

Tage später dann, als die Familie frisch geräucherte Wurst verspeiste, die Mutter den Hund fütterte, die Oma wie üblich mit ihrem Gebiss kämpfte und der Vater sich lobend über den feinen Geschmack äußerte:
„Ich glaub, die Wurst schmeckt ein wenig nach Hinkel", die Tante rot anlief und ihr der Bissen fast im Halse stecken blieb und die Oma sagte:
„Ich glaub das liegt an dene Federn von dere Linasau",
freute sich der kleine Junge sehr.

So hatte das Schwein doch noch einen Namen bekommen.

Wenn auch post mortem - die Linasau!

Drahtesel

Ein Rad, ein eigenes Fahrrad mit Stange, das hatte sich der Junge schon lange gewünscht.
Und mindestens ebenso lange hatte er darauf gespart.
Sein spärliches Taschengeld, wenn überhaupt welches zu haben war, brachte da nur den berühmten Tropfen auf den heißen Stein.

Obwohl er dafür Holz hackte, Hof kehrte, Kartoffel abwog, Gemüse putzte oder Regale mit Persil usw. auffüllte.
Die Eltern hatten ein Lebensmittelgeschäft, und da gab es für den Jungen immer etwas zu tun.
Zusatzeinkünfte hatte er auch, wie: Pferdebollen einsammeln (für die Oma als Rosendünger) und mit dem Kartoffelsack grünes Futter besorgen, für die Hasen von Tante Luise.

Aber auch die Erlöse aus diesen Tätigkeiten blieben eher bescheiden.

Einmal im Sommer jedoch, konnte er eine größere Einnahme verbuchen. Es war zu dem Zeitpunkt, als der Nachbar, ein Nähmaschinenhändler, einen Esel suchte. Er hatte die bahnbrechende Idee, ein Nähmaschinenmodell auf einen Handwagen mit Deichsel zu montieren und damit durch die Stadt zu fahren. Der Leiterwagen sollte von einer Person gezogen werden und als Blickfang ein Esel auf zwei Beinen dahinter herlaufen.

So kam es dann, dass der Junge am Wochenende in ein Eselskostüm mit Kopf und Schwanz eingenäht wurde und anschließend hinter dem Wagen, zur Freude der Bevölkerung, durch die Innenstadt trottete. Auf dem Wagen befand sich ein Schild, auf dem zu lesen war:

„Dieser Esel, der ist schlau, kauft eine Nähmaschine für seine Frau."

Was für eine Eselserfahrung man da machen konnte! Von hinten zogen sie den Esel an den Ohren und am Schwanz. Sie versuchten, ihn mit Mohrrüben zu füttern und rissen ihm den Schwanz dreimal ab. Durch die Sehschlitze im Eselskopf war er stark im Nachteil gegenüber den Angreifern.

Er war Stadtgespräch und in der Zeitung abgebildet.

Wenn er dann am Abend todmüde mit verbogenen Ohren und dem Schwanz in der Hand „rausgetrennt" wurde aus seinem Kostüm und seinen Lohn erhielt, konnte ihn nur noch der Gedanke an sein Rad aufrecht halten.

Die wenige freie Zeit, die ihm bleib, verbrachte er mit seinem Fußball, der eigentlich ein Basketball war, im Nachbarhof bei seinem Freund Armin.

Der war noch jünger als er und der Sohn eines Fahrradhändlers.

In der Werkstatt von Armins Vater verbrachte der Junge viel Zeit und zeigte sich als sehr gelehrig in der Erfassung der technischen Belange von Fahrrädern.

Manchmal durfte er auch schon Felgen einspeichen, also aus einem Metallreifen und einer Achse mittels Speichen ein komplettes Laufrad herstellen, auf das dann der Schlauch und der Gummimantel aufgezogen wurden. Das wichtige Zentrieren des fertigen Rades wurde dann von Armins Vater mit großem Geschick vorgenommen.

In dieser Zeit lernte der Junge viel über Schläuche, Nippel, Übersetzungen und Bremsen.

Aus diesem Wissen heraus und aus der geübten Praxis, entwickelte sich ein glasklares Bild vom Traum des eigenen Fahrrades.

Die Grundelemente waren: 28er Räder, Kastenprofilfelgen und Felgenbremsen. Am liebsten alles filigran, stabil und leicht. Schon in dieser Zeit entstand in ihm ein erstes Gefühl für Leistungsgewicht und Rollwiderstand.

Er hatte recht früh den fahrerischen Umgang mit Mutters Fahrrad gelernt. Es war ein Drahtesel von vor dem Krieg. Ein Damenrad mit Gesundheitslenker, Rücktritt, Stangenvorderbremsen und 26er Rädern.
Die Unzulänglichkeit und die bauartbedingten Schwächen dieses Models wurden ihm frühzeitig sehr schmerzhaft bewusst.

Er durfte aus Verkehrssicherheitsgründen mit diesem Gerät nur im eignen Hof im Kreis fahren. Der Hof war eigentlich viel zu eng für die große Übersetzung, sodass die Geschwindigkeit auf Anhieb ziemlich hoch sein musste, um nicht fast stehend umzufallen. Wenn er dann buchstäblich auf der letzten Rille, im höchsten Tempo, auf dem Kopfsteinpflaster in kreisförmiger Bahn, den Hof durchflog, musste es für den unbedarften Zuschauer aussehen wie eine gut inszenierte Zirkusnummer.

Und nun bekam er Besuch im Hof.

Die Oma war unbedarft und irritiert zugleich, ob der Raserei ihres Enkels.

Sie konnte nun nicht mehr durch den Hof zu den Hasen gehen, und zeitweise drohte ihr beim Zusehen durch die vehemente Geschwindigkeit schwindelig zu werden.

Wegen ihres Hüftleidens hatte sie ohnehin schon einen wackeligen Stand, trotz ihres Gehstockes.

Um die Kreisbahnübung durchzustehen, brauchte der Junge höchste Konzentration, wegen der Enge, wegen des unebenen Kopfsteinpflasters und weil er auf Grund der hohen Übersetzung nicht an jeder Stelle gefahrlos bremsen konnte. Wenn ihn in dieser besonderen Raddisziplin nun noch Störfaktoren von außen beeinträchtigten, zum Beispiel durch die in technischen Zusammenhängen ungenügend erprobte Oma, kam der Junge unvermittelt in höchste Not.

So auch wieder an diesem Nachmittag. Durch die Schräglage - Oma trat mit dem Stock fuchtelnd in die Kreisbahn - konnte der Junge nicht bremsen und auch nicht richtig ausweichen. Er streifte erst die Oma, die prompt umfiel und raste dann volles Rohr in den Rosenblumenkübel neben dem Waschhaus.

Nach den gegebenen Parametern war das Unglück unvermeidbar und das Geschrei und Wehklagen groß. Noch größer wurde es, als der Rest der Familie, durch den Lärm angelockt, auf dem Plan erschien.

Zunächst sah es so aus, als habe der Junge die Oma mit Mutters Fahrrad brutal über den Haufen gefahren. Über das Motiv, das dieser Unterstellung hätte vorausgehen müssen, machte sich – außer der Mutter – keine anderer Gedanken.
Nur mit Mühe gelang es dem Jungen einer saftigen Bestrafung in Form einer Tracht Prügel mit dem Teppichklopfer

zu entgehen. Diese wäre in der aufge-
brachten Stimmung gegen ihn, noch
vor seiner dringend notwendigen Erstversorgung erfolgt.

Immerhin lief ihm heftig das Blut aus
mehreren Wunden und Abschürfun-
gen, und er hatte sich am massiven
Blumenkübel das Knie aufgeschlagen.

Die Oma hatte nur ein Loch im
Strumpf!

Als der Junge seine Vermutung äußerte, dass dieses Loch schon vorher da
gewesen sei, drohte die Stimmung erneut zu seinen Ungunsten zu kippen.

Irgendwie entkam er dieses Mal dem
geballten Zorn der Familie gerade noch
so.

In den glühendsten Farben malte man
sich aus, was da alles hätte passieren
können.

Für den Geschmack des Jungen wäre es
völlig auseichend gewesen, wenn die
Oma doch nur stehen geblieben wäre.

Er hätte gebremst und wäre abgestie-
gen, und nichts wäre passiert.

So war er jetzt zur höchsten Gefahrenperson abgestempelt, hatte Hausarrest, mehrere Auflagen für zusätzliche Dienste, wie Hasenställe ausmisten und Büsche schneiden und hatte nach Ansicht der Erziehungsberechtigten an allem selber schuld. Die einzige, die offensichtlich zu ihm hielt, war seine Mutter, die seine Blessuren versorgte und ihm Trost zusprach. Dass das Rad ruiniert war - mit einem Achter im Vorderrad, einem verbogenen Lenker und einem abgerissenen Schutzblech - schien niemanden zu interessieren.

Die blöden Rosenstöcke, durch die der Junge gezwungenermaßen hindurchgeschossen war, erhielten mehr Anteilnahme und Zuwendung als er selbst.

Wieder einmal wurde im klar, wie wichtig es ist, sich auf sich selbst zu besinnen und sich selbst zu helfen.

Am nächsten Tag schon baute er das Vorderrad aus und brachte es zu Armins Vater. Für den Reparaturaufwand kehrte er ihm die Werkstatt und räumte auf. Das Schutzblech riss er entschlossen ab.

„Für was ein Schutzblech, es ist ohnehin nur unnötiger Ballast und daher völlig überflüssig."

Bei Tante Luises Fahrrad war das etwas anderes. Mit der roten Farbe und den verchromten Schutzblechen wirkte es sehr massiv. Es hatte einen großen Gepäckträger und ein Netz über dem Hinterrad, damit sich die Röcke nicht verfingen. Und einen großen Sattel hatte es auch. Obwohl, wenn die Tante darauf saß, wirkte er eher wieder klein. Fast zu klein, wenn sich ihr ausladendes Gesäß darüber stülpte, und der Junge war sich nicht sicher, ob es nicht noch ein Stück ausladender geworden war, seit dem letzten Frühjahr.

Jedenfalls musste er ihr das Hinterrad fast bis zum Bersten aufpumpen, damit es über den Randstein nicht bis auf die Felge durchlug.

Ansonsten war das Rad der Tante für ihn absolut tabu.

Es sei denn, sie ging mit der Oma in die Kirche. Kaum waren die beiden in Richtung Kirchenglocken unterwegs, drehte der Junge mit dem roten Fahrrad im Hof seine höllischen Runden. In dieser Zeit wusste er noch nicht, dass er damit den Tatbestand, „die Rache des kleinen Mannes", bediente. Er begnügte sich mit einem lauten „Ätsch" und machte eine lange Nase in Richtung Christuskirche.

Wenn ihm die eigene Familie hin und wieder zu störrisch oder zu unkomod erschien, ging er mit seinem Fußball auf die Straße und kickte gegen die Hauswände.

Im Grunde war auch dieser Spaß verboten. Aber wenn er gelegentlich vor dem Haus vom Phillips Max angekommen war und dessen Frau ihn dann auf ein Glas Milch und oder ein Stück selbstgemachten Kuchen einlud, wurde es ein vergnüglicher Nachmittag.

Die Nachbarin erzählte ihm öfter geheimnisvoll unter vorgehaltener Hand, welche Gerüchte über die Jugendstreiche seines Vaters im Umlauf waren, und wenn er dann seine eigenen gegenüber stellte, kam er sich stellenweise wie ein Engel vor.
„Einmal", so berichtete die Nachbarin, „hatte dein Vater mit seinen Freunden einem vor dem Kullmann seinem Tabakgeschäft abgestellten Fischanhänger völlig die Deichsel verdreht. Dann, beim Anschieben durch den Fisch Orschler, kippte der ganze Anhänger auf den Bürgersteig, und die Fische und Eisbrocken schwammen durch die offene Tür bis auf die Zigarren vom Kullmann."
Die Nachbarin kicherte.

Angesichts solcher Taten seines Vaters, kam er sich fast harmlos vor. Und als ihm die Nachbarin noch ein Stück

Quetschenkuchen auf den Teller legte, erzählte er der guten Frau - nur auf ihr Drängen hin - warum es ihm neuerdings verboten war, Backbleche mit Quetschenkuchen zum Backen zum Bäcker Feind zu bringen. Er musste erklären, dass er letzte Woche bei einer derartigen Aktion mitten auf der Strasse lag, mit dem Gesicht direkt im frischen Quetschenkuchenbackblech.

Er hatte in die Luft geguckt und war dabei über den Nachbarshund gefallen. Bei dieser Erzählung schämte er sich fast.

Etwas Vergleichbares wie die Fischgeschichte, hatte er beileibe nicht zu bieten.

Alles in allem war die Nachbarin, also die Frau von Phillips Max, sehr nett ansehnlich und vergnüglich, wenn vielleicht auch etwas wehleidig. Doch dazu später mehr.

Im Nachbarhof beim Armin wurde auch Fußball gespielt, unterm Torbogen, wenn keine Fahrräder dastanden.

Meistens jedoch standen dort welche. Also ging man in den Hof. Dort gab es ein Waschhaus mit einem Sprossenglasfenster. Das war das Tor und Armin der Tormann. Eigentlich war er dafür ein wenig zu klein. Leider gab es keinen anderen als ihn. Und so konnte er beweisen, wie gut er war. Er war gut, aber nicht sehr gut.

Das konnte man daran sofort erkennen, wenn dann das Fensterglas mit lautem Knall zerbrach, und der Ball durch das Loch im Waschhaus verschwand.
Der Tumult danach war immer groß.
Die Nachbarin Frau Steinebach erschien bei dem Geklirre als erste am Fenster, klagte laut und heftig und schlug die Hände vor dem Gesicht zusammen.

Als nächstes kam Armins Vater und ohrfeigte seinen Sohn wegen der miesen Torwartleistung. Kurz danach konnte man regelmäßig die Tante Luise hören. Sie hatte ein untrügliches Gespür für Sensationen entwickelt.

„Ist es wieder einmal so weit, du Unglücksbub!

Warum kannst du nie auf die Erwachsenen hören.

Das hast du jetzt davon.

Das wird dir vom Taschengeld abgezogen.

Sieh bloß zu, dass du die Scherben einsammelst."

Bei diesen Repressalien wurde es klar, so würde der Junge nie zu einem eigenen Fahrrad kommen.

Anschließend trat der Vater mit seiner lauten, drastischen Gardinenpredigt auf den Plan, und dem Jungen brannte schon in vorauseilender gedanklicher Empfängnis die Backe, vornehmlich die rechte.

Eigentümlich! Jedoch beim Waschhausfensterglasbruch drohte ihm in der Regel kein Züchtigungsritual. In der Skala der Jungenstreiche war Glasbruch infolge Torwartfehler offensichtlich nicht allen zu groß negativ besetzt.

Aber der Ball, der Ball wurde eingezogen und von Tante Luise verwahrt. Dieser Umstand verschärfte die Situation enorm. Denn, wenn bis zum Herausgabetermin - aus ihrer Sicht - kritikfähige Vorfälle ruchbar wurden, dann konnte man ohne weiteres mit einer willkürlichen Verlängerung rechnen.

Und ohne Ball war das Leben kaum lebenswert.

So kam es dann, dass der Junge in der Folgezeit meistens ausgesprochen liebenswürdig war, um Pluspunkte zu sammeln.

Der Hof war exakt sauber gekehrt, und das Hasenfutter enthielt besonders viel Löwenzahn.

Ansonsten ging die Fortbildung im Fahrradladen weiter. Er lernte viel über Kugellager, über Fichtel und Sachs, über Rücktritt und Nabenschaltung.

Aber am meisten war er fasziniert vom Rennrad des großen Bruders von Armin.

Dieses tolle, filigrane, leichte Gerät hatte glänzende Alufelgen mit Riffelprägung auf den Bremsflächen und einen „Eddy Merks" Rennsattel. Die Felgenbremsgriffe trugen eine Gummieinfassung, waren sehr leicht zu bedienen und sehr effektiv.

Heimlich probierten sie das Rad des großen Bruders aus. Dazu mussten sie aber das Gerät schräg stellen, unter der Oberstange durchsteigen und in Schräglage fahren. Der Fahrstil war zwar ungewöhnlich, die Erfahrung jedoch hoch interessant. Die Leichtigkeit des Antrittes war faszinierend.
Dadurch erhielt das Bild des eigenen Fahrrades in der Vorstellung des Jungen eine noch stärkere Prägung.
Bis dahin jedoch, schien noch viel Wasser den Main hinunter zu fließen.

Und unvermutet, eines Tages war es dann soweit. Der Junge wurde mit einem eigenen Fahrrad überrascht.

Es war ein Geschenk der Familie, ohne eigene Sparbüchsenbeteiligung.

Die Überraschung, als Ritual gesehen, war groß. Von der Geste her, war er überwältigt. Vom Traumvergleich mit der Realität - eher weniger bis gar nicht. Diese Situation musste er bewältigen.

Es war ein 26er mit Blechfelgen und Gummimantelbremse, mit Blechform-bremsengriff. Der Sattel, er war für einen ausgewachsenen Pferdehintern. Er hätte für die Tante Luise gut sein können.

Sein Schlucken ob dieses Anblicks war krampfhaft. Von seiner Mutter hatte er gelernt, dass man sich über ein Geschenk freut, auch, wenn es nicht der Idealvorstellung entspricht.

„Eine Frage des Charakters und der Disziplin" sagte sie. Der Junge liebte seine Mutter sehr, und so zeigte er Dankbarkeit.

Außer der Mutter merkte niemand, wie es wirklich um ihn bestellt war.

Höchstens die Tante Luise vielleicht ein bisschen, als er fragte, warum die Gummistangen der Pedale so dick sind. Immerhin gelang es ihm, sich mit dem Geschenk anzufreunden, auch zur gro-ßen Freude aller Beteiligten.

Die Mutter war glücklich, dass für ihn ein lang ersehnter Traum in Erfüllung gegangen war, und die Todesfahrten im Hof ein Ende hatten.
Die Tante freute sich, dass sie nun nicht mehr jeden Tag am Abend die Milch holen musste und man jetzt den Jungen öfter zum Hasenfutter holen einsetzen konnte.
Die Oma freute sich, dass man ihn jetzt regelmäßig zum Friedhof schicken konnte um das Familiengrab zu gießen.
Und der Vater freute sich auch, für all das, was sein Filius nun zusätzlich würde übernehmen können.

Aber vor dem Ausflug aus dem schüt-zenden Hof heraus war vorgesehen, mit der Tante Luise gemeinsame Übungsfahrten zum Garten durchzuführen, um Gemüse und Erdbeeren zu holen. Dazu musste ein kleines, enges Gässchen überwunden werden, mit einer rechtwinkeligen Kurve mitten drin.

Die Anweisung war, äußerst rechts zu fahren und vor der Kurve kräftig zu klingeln, damit man bei Gegenverkehr nötigenfalls absteigen konnte.
Auch dieses Verhalten wurde mit der Tante mehrfach geprobt und gewissermaßen erfolgreich abgeschlossen. Das Urteil der Tante:
„Der Junge fährt sehr gut Rad, aber manchmal ist er viel schneller als ich. Man muss ihn zur Vorsicht mahnen".
Von allen Seiten bekam er nun gute Ratschläge, brauchbare und weniger brauchbare.
Von der Oma zum Beispiel bekam er den Rat, bei Gegenverkehr grundsätzlich abzusteigen, damit „nix passiert".
„Genialer Ratschlag", dachte der Junge bei sich.

Nachdem er das Blaue vom Himmel herunter versprochen hatte, zur Vermeidung von Problemen, machte er sich daran, seine neue, umfangreichere Freiheit zu genießen. Er war jetzt schnell auf dem Fußballplatz oder im Stadtbad oder am Main. Oder im Garten, um der Tante zu helfen.

Eines Nachmittags passierte es dann. Er fuhr durch das Gässchen und klingelte vorschriftsmäßig vor der Kurve. Als er kein Gegenverkehrsklingeln hörte, bog er zügig ein. Im nächsten Moment stieß er heftig mit einem Fahrrad zusammen. Es war die Nachbarin.

Diese fuhr dann geradeaus weiter, knallte ungebremst an die Mauer und stürzte mit lautem Geschrei zu Boden. Dort blieb sie liegen und begann herzerweichend zu weinen und die Ellenbogen und die Knie zu reiben. Sie wurde damit gar nicht fertig.

„Ausgerechnet die Frau vom Phillips Max", dachte der Junge, „die mit der Milch und dem Quetschenkuchen."

Sie wehklagte sehr, und der Junge fühlte sich hilflos.

Mitten im Durcheinander traf die Tante Luise ein, die vom Garten kam.
Gott sei Dank konnte sie mit lebenspraktischen Maßnahmen zur Beruhigung entscheidend beitragen. Der Hauskittel der Nachbarin war fast bis zum Bauch aufgerissen, sodass das ihre kräftigen, weißen Oberschenkel frei lagen, bis dahin, wo sie festgewachsen waren. Mit dieser nun offen dargebotenen Intimzone, konnte man die Umwelt keinesfalls konfrontieren. Ein öffentliches, unsittliches Ereignis wäre vorprogrammiert gewesen.

Während sich der Junge ebenso neugierig wie unauffällig in die Unterleibsanatomie der Nachbarin vertiefte, zog die Tante ihre Schürze aus, um die durchaus interessanten Einblicke an den entscheidendsten Stellen zu verhüllen.

Der Vergleich zwischen der Tante, die er schon im Bad gesehen hatte, und der Nachbarin, die im Gässchen lag, fiel von der Üppigkeit her zu Gunsten der Tante Luise aus. Dennoch hinkte der Vergleich, war doch die Tante damals splitternackt und die Nachbarin knapp, wenn auch press bedeckt. Dunkle Mooswucherungen konnte er beidseitig der einschneidenden Höschenränder deutlich erkennen.

Bedauernd musste er sich in die Realität fügen und die bedeckende Schürze der Tante zur Kenntnis nehmen. Seine Studien hätte er gerne fortgeführt. Nachdem man die havarierten Drahtesel nach Hause geschoben hatte, kam es am Abend zum Treffen beim Phillips Max, zur Rekonstruktion des Unfalls.

Der Vater brachte Wurst und Brot, der Phillips Max Bier und Schnaps. Die Nachbarin war erstversorgt, sah adrett aus und war wieder guter Dinge. Mit länger werdender Trinkerei ging es ihr

immer besser, und als der Phillip die alles entscheidende Frage stellte:
"Elvira, hast du im Gässchen geklingelt?" gab sie zur Antwort:
"Ja …, aber das Drecksding hat nicht funktioniert."
„Ja, dann kann man dem Buben keinen Vorwurf machen", sagten die befreundeten Männer einstimmig.
„Keinen Vorwurf machen", rief Tante Luise.
„Prost", sagte Elvira und lachte aus vollem Hals.
„Danke, dass du mir geholfen hast, Luise, da hast du deine Schürze wieder."
„Noch mal gut gegangen", dachte der Junge, und seine unvollständigen Studien schossen innerlich an ihm vorbei.

Die nächsten Tage des Sommers verbrachte er unter anderem damit, sein Fahrrad wieder auf Vordermann zu bringen.
Inzwischen hatten, Gott sein Dank, einige entscheidende Neuerungen statt-

finden können. Der Vater von Armin hatte ihm einen alten, aber noch brauchbaren Sportlenker geschenkt. Nach intensiver Polierarbeit sah er eingebaut sehr gut aus. Auch der gebrauchte Sattel, der gerissen und dann akribisch genäht wurde, machte in Position ein überzeugendes Bild.

Aber der Hammer waren die Aluprofilfelgen und die Weihmannfelgenbremsen dazu. Diese Zutaten hatte er sich gebraucht von einem Kunden bei Armins Vater vom Eselsgeld gekauft.

So konnte der Sommer weiter gehen. Es wurde immer heißer, und der Wunsch nach Aktionen im Wasser wurde größer.
Dabei war es verboten im Main zu baden. Aber was bedeutete das schon, wenn man schwimmen und tauchen konnte und vor allem stolzer Besitzer einer unübertroffenen Dreiecksbadehose war.

Unter diesen Umständen ist es fast schon Bedingung, mit dem immer besser funktionierenden Drahtesel den nun möglichen Ausflug an den Main zu unternehmen.

Dort traf man auf weitere Jungs, zum Teil gleichaltrig, aber in der Mehrzahl älter, die zu jeder Menge Spaß im Mainwasser angeradelt waren.

Der Junge und sein Rad wurden einer ersten Inspektion auf Tauglichkeit zur Aufnahme in den Kreis der Etablierten in Augenschein genommen. Die Aufnahmekriterien schienen erfüllt zu sein, lediglich die vorhandenen Fähigkeiten im Wasser unter Beweis zu stellen, standen noch aus.

Der Junge hatte in diesem Jahr eine gute körperliche Entwicklung durchgemacht. Die anstrengende Arbeit jedweder Art hatte entscheidend dazu beigetragen. Die Dreiecksbadehose, konnte durch die Schnürung an der Seite, mitwachsen. Unverhohlen wurde er dafür bewundert.

Man beschloss ins Wasser zu gehen und bis zur größten Strömung in der Mitte des Flusses zu schwimmen. Problemlos konnte der Junge das Tempo der Größeren mitgehen und war auf dem Rückweg in der ersten Gruppe. Man war auf ihn aufmerksam geworden.

Es wurde abgesprochen, sich am nächsten Tag wieder zu treffen. In der Folgezeit schwamm er in der Spitzengruppe und fühlte sich dort auch am wohlsten. Jetzt, da man wusste, auf wen man sich im Wasser verlassen konnte, war es nach Auffassung der Größeren an der Zeit, das nächste Abenteuer anzugehen.

Es war geplant, auf stromauffahrende, vollbeladene Schiffe zu warten und zu versuchen, in der entstehenden Bordströmung dicht am Schiff schwimmfähig zu bleiben.
Dazu wurde dann in der Mitte des Flusses treibend auf den Frachter gewartet. Und dann, unmittelbar nach

Passieren des Bugs begann man - wie im Angriff der Seeräuber zahlreich beobachtet - auf die Längsseite des Schiffes zuzuschwimmen, um die Strömungsverhältnisse kennen zu lernen.

Es war wichtig, dieses Manöver möglichst im ersten Drittel des Schiffes stattfinden zu lassen, da nach der Mitte des Bootskörpers der Wellensog zur Schiffsschraube hin sehr stark zunahm. Und wer hatte schon Lust, sich vom Schiffsantrieb zerhacken zu lassen?
Überflüssig zu erwähnen, dass derartige Manöver streng verboten waren. Noch viel verbotener war der Versuch, sich über die Bordwand des Schiffes hochzuziehen, um anschließend über die Gangway vollständig an Bord zu kommen. Aber genau darum ging es wirklich. Man fühlte sich wie ein Seeräuber, der ein Schiff kapert, frei nach Kapitän Erol Flin!

Die Spannung und der Kitzel waren reisengroß. Nicht nur, weil es verboten war. Nein, im Grunde war es eine wirklich große Herausforderung an Kraft, Geschicklichkeit und Reaktionsvermögen.

Auch eine hohe Sprungkraft aus den Wellen heraus war unerlässlich.

Die Jungs, die sich die Bewältigung dieses Risikos zutrauten, wurden ausgewählt, und los ging die wilde Jagd.

Dass der Junge mit der Dreiecksbadehose mit von der Partie war, freute ihn selbst am meisten. Nur zu Hause durfte niemand etwas davon wissen. Auch die Mutter nicht, und die war in die meisten Abenteuer eingeweiht.

Alle Bedenken flogen über Bord – wohin auch sonst - dann wurde zum Angriff geblasen.

Eine Fünfergruppe machte sich auf den Weg, die stolze „Bayern III" zu kapern. Sie kam mit hoher Bugwelle angeschwommen. Auf dem Wasser stand ein Schwell. Durch den starken Wind an diesem Tag und durch die Wellenströmungsverhältnisse war es schwie-

rig, richtig an das Schiff anzuschwim-
men.

Von den fünf Buben schafften es drei.
Diejenigen, die nicht bis zum Süllrand
springen konnten, hatten Mühe beim
Zurückfallen in die Gischt, anschließend aus der reißenden Heckströmung
zu kommen.

Einer ging unter und der Schrecken
lähmte die Buben, er kam aber dann
wieder hoch. Letztlich ging alles gut,
Gott sein Dank.

Die Dreieckesbadehose war mit an
Bord und fuhr mit dem Schiff etwa fünf
Kilometer bergauf, Richtung Schloss.

Er hatte sich beim Aufschwung die
Knie an der Bordwand aufgeschlagen.
Durch die reichlichen Vorübungen der
Stürze im Hof, mit Mutters Rad auf
dem Kopfsteinpflaster, war diese Art
der Verletzung fast schon Routine, also
für die Erziehungsberechtigten kein
neuer Anblick, und insoweit war zu
Hause eine Entdeckung des wirklichen
Grundes nicht zu befürchten.

Später sprang man vom fahrenden Schiff über Bord, um dann soweit wie möglich außen an der stattlichen Bug-welle einzutauchen. Gekämpft werden musste – mit aller Kraft - gegen den Sei-tensog, um sich anschließend mit der Strömung flussabwärts zum Badeplatz treiben zu lassen.

Es war ein großartiges Erlebnis und trug sehr viel dazu bei, das Selbstwert-gefühl zu steigern. Angstgefühlen wurde kein Platz eingeräumt, falls ü-berhaupt Angst in diesem Sinne vor-handen war.

Eine tolle Sache, eine tolle Zeit und das Fahrrad hatte diese Aktionen erst mög-lich gemacht!

Der Fahrer und das Rad wurden immer besser.

Eine Stürmer-Archer Viergangnaben-schaltung war eingebaut worden, eine besondere Entwicklung aus England.

Das Tempo bergauf und bergab konnte er dadurch beachtlich forcieren.

Zu seiner großen Freude hatte er auch einen Tachometer ergattert, von Armins Vater. Der war zwar ohne Gehäuse, doch er baute sich aus schwarzer Pappe ein entsprechendes Rohr im Tachodurchmesser, schnitt es auf die notwendige Länge ab und befestigte nun das Pappgehäuse mit Hasendraht.

Die Anerkennung von Armins Vater war entsprechend.

„Da schau her, der kann ja nicht nur Waschhausfenster kaputt schießen, der kann auch fast schon unbrauchbaren Schrott zum Leben erwecken."

Ob dieses Lobes aus berufenem Munde freute sich der Junge sehr.

Und nun wollte er wissen, wie schnell er fahren konnte. Am Main entlang bei Windstille schaffte er im großen Gang fast, auf dem Fahrrad liegend, sage und schreibe, 37 km in der Stunde.

Schnellere gab es kaum.

Jedoch das „Über- drüber- Optimale"
wäre eine Simplex-Kettenschaltung mit
einer Sechserkassette und einer 25/13er
Übersetzung. Doch bevor es mit der
Verbesserung des Fahrrades weiter
ging, war erst noch die Sache mit dem
Turm, dem Kirchturm und der Kir-
chenglocke.

Der Vater eines Freundes übte den Be-
ruf des Küsters aus, und er war für das
Läuten der Glocke verantwortlich.
Freund Jürgen, der Sohn des Küsters,
hatte dem Jungen schon oft geholfen,
bei seinen zahlreichen Pflichten wie
Hasenfutter besorgen, Friedhofsgrab
gießen und Kartoffeln wiegen. Daher
war er ihm gewissermaßen verpflichtet
als er gebeten wurde, beim Läuten der
Kirchenglocken mitzumachen.
Jetzt wo er sozusagen total mobil war.
Als er sein „Ja" dazu gab, wusste er
noch nicht genau, worauf er sich da
wirklich eingelassen hatte.
Die Ersterfahrung machte ihm ganz
schön zu schaffen, als er dann am Glo-

ckenseil hing und von der Wucht des Glockenausschlages meterhoch in die Luft gerissen wurde. Neben ihm hing sein Freund Jürgen, ebenso wie er mit großen, aufgerissenen Augen. Denn für beide war es ja erste Mal.

Die Anweisung des strengen Pfarrers war, die Glocke täglich um sechs Uhr am Abend für die Beetstunde zu läuten.

Der Lärm der Glocke im Turm stellte sich als ohrenbetäubend heraus und in dem Halbdunkel des ächzenden Glockenstuhles, an dem die riesige Glocke hing, konnte einen schon die Gänsehaut heimsuchen. Obwohl man das natürlich niemals zugegeben hätte.
Mit der Zeit gewöhnt man sich an vieles. Auch an ein Leben als „Quasi Modo", wenn es denn sein muss.

Über eine lange Strecke hielt die Motivation für die Glockenläuterei an und der Pfarrer sprach Lob aus. Aber dann fuhr Jürgen immer öfter mit an den

Main, wurde auch Pirat und lernte das Spektakel mit dem Schiffe entern kennen. In der Folgezeit wurde durch das Piratentum nicht mehr ganz so pünktlich geläutet.

Obwohl, während des Schiffe kaperns die an Land gebliebenen Freunde die Sache mit dem Hasenfutter übernahmen, wurde die Zeit immer knapper. Die streng verbotenen Enteraktionen mit der Berufschifffahrt brauchten eben ihre Zeit. Und mit dem Sack voll Futter auf dem Rad, konnte man keine 37 km/h fahren.
Und außerdem, ob die Glocken jetzt genau um sechs Uhr oder etwas später läuteten, das war kein Weltuntergang, glaubten die Buben.

Der Pfarrer vertrat eine völlig andere Meinung! Um halb sieben zu läuten ginge auf keine Kuhhaut, trotz allen Wohlwollens und Verständnisses für Hasenfutter und Grabgießerei, ließ er wissen. Von der Schiffsenterei durfte er nichts wissen.

Als sich das Betgeläute dann immer mehr nach halb sieben als Standardzeit verschoben hatte, und die Glocke oft noch minutenlang nachbimmelte, weil die Jungs sich keine Zeit mehr nahmen, lange genug am Seil hängen zu bleiben, riss dem heiligen Mann buchstäblich das Glockenseil.

Und so wurden sie kurzerhand unehrenhaft entlassen.

Als Schmach, aber nicht als Beinbruch, empfand der Junge seine erste Entlassung, aus ehrenamtlicher Tätigkeit wohlgemerkt!

Der Kirchenkram mit dem Kerzenanzünden und Liederanzeigetafeln richten hatte er für sich nie als Königsdisziplin empfunden. Auch nicht, wenn er im Katechismus las oder im Gesangbuch. Bei „O Haupt voll Blut und Wunden" erschienen ihm meistens im Geiste gespaltene Sauschädel, bauchaufgeschlitzte Hasen und Hühner mit blutig triefenden Hälsen ohne Kopf, und nicht etwa der gekreuzigte Heiland.

Genau genommen war er bisher mehr vom tatsächlichen Leben geprägt, als von der Heiligen Schrift und den biblischen Geschichten!
So stieg er doch nach dem Rausschmiss aus dem Kirchendienst ziemlich erleichtert auf sein Fahrrad.
Er ließ sich die Spätsommerluft durch die Haare wehen und hatte spätestens nach dem dritten Gang das Glockenseil und den heiligen Turm vergessen.
Tage danach, erfuhr er von Armin, dass sein Vater eine alte Simplexschaltung ausgetauscht hatte, die eigentlich noch ganz brauchbar sei. In der Werkstatt wurde man sich einig. Gegen dreimal Werkstatt aufräumen, kehren, sowie mehrere Schläuche flicken, wurde dann gemeinsam die Schaltung eingebaut. So hatte er das begehrliche Stück erhalten. Lediglich eine neue,

schnelle Rennkette musste zum Freundschaftspreis aus der Sparbüchse des Jungen beglichen werden.

Er war im siebten Himmel. Es war traumhalft.

Zum Milchholen fuhr er viel zu schnell, sodass der Inhalt, trotz Deckel, auslaufen wollte. Im Rauschzustand spielte das keine große Rolle, wenn überhaupt! Am Abend unternahm er dann eine ausgedehnte Probefahrt. Auch die Kurve nach dem „Ultrabuckel" gehörte zur Streckenauswahl.

Es ging darum, nach einer deutlichen Gefällestrecke, die anschließende Kurve ohne vorheriges Bremsen zu durchfahren. Ein grenzwertiges Erlebnis!

Er schaffte es und war in absoluter Hochstimmung. Er ließ die neue Kette über die Zahnräder fliegen und freute sich über die bemerkenswert gute Funktion. Er schaltete von eins auf sechs durch und blickte dabei auf seine blitzenden Zahnräder nach unten.

Den folgenden Aufprall und den frontalen Schlag spürte er zuerst nicht. Als dann allmählich die Sinne wieder zurückkehrten, fand er sich bäuchlings auf einem VW-Käferdach direkt über dem Brezelfenster liegend, wieder.
„Ach du dicke Scheiße, das hat jetzt sein müssen, völlig unnötig."

Er haderte mit seinem Schicksal und verfluchte seinen Schutzengel auf das Unflätigste. Wütend war er auf sich und auf seinen schmerzhaften Zustand. Vorsichtig probierte er seine Körperfunktionen aus und sah sich um. Die Straße war menschenleer. Es gab kein Publikum. Allmählich rutschte er auf der Schräge des VW nach unten, bis er mit den Füssen die Chromstoßstange berührte. Er versuchte abzusteigen.
Seine beiden Knie waren sehr in Mitleidenschaft gezogen, und auch sein Ellenbogen war nicht mehr wie vorher. Jetzt stellte er sich auf die Straße und begann sich durch zu bewegen. Er war schmerzgeplagt, alles tat ihm weh.

Der VW dagegen hatte nichts abbekommen, außer einigen Blutflecken auf dem Motordeckel.

Aber sein Drahtesel! Die Gabel war brutal verbogen. Sie stand ungewöhnlich nach hinten. Sie ließ sich nicht mehr am Unterrahmen vorbei bewegen.

Er war, volles Rohr, frontal auf den geparkten VW draufgeknallt.

Ohrfeigen hätte er sich können, als er seinen Schrott - selber unrund laufend - nach Hause schleppte.

„Da stand doch sonst nie einer! Alles am Arsch, die Welt ist ungerecht."

Er verfiel in übles Grübeln, ein dunkelschwarzer Tag!

„Der Bub schraubt ja schon wieder an dem Fahrrad."

Die Tante Luise zeigte sich mehr als verwundert.

„Mein Rotes muss man nur aufpumpen, ab und zu."

„Ja und immer mehr seit dem Frühjahr", dachte der Junge bei sich und
schaute der Tante auf den mächtigen
Hintern.

Aber das brachte ihn jetzt nicht weiter.
Er musste das Rad fahrbereit machen,
trotz verbogener Gabel. Eine neue
konnte er nicht kaufen.
Für die Simplex-Schaltung war der
Großteil seiner Rücklagen draufgegan-
gen. Also drehte er sie kurzerhand um
180° herum, schraubte das Vorderrad
fest und schon konnte er wieder fahren.
Nur das Gabelmaul war jetzt nach hinten offen, anstatt nach vorne.
„Wird schon nichts passieren", dachte
er, als er die Flügelmuttern nochmals
nachzog, so fest wie er konnte.
Schon fuhr er in Richtung Friedhof und
brachte auf dem Rückweg frischen Löwenzahn für die Hasen mit.

Zwei Tage ging das gut so, mit der verbogenen Gabel. Dann fuhr er in der
Lohmühlstraße in ein Schlagloch. Das

Vorderrad blieb im Loch, der Rest flog mit ihm weiter. Das Rad bohrte sich mit der unseligen Gabel in den Straßengraben, und der Junge fand sich aufgeschürft im angrenzenden Stoppelfeld wieder.
Und wieder musste er seinen Schrott schieben.

Abermals wurden an die Heilfähigkeit seiner Haut und seiner Knochen höchste Anforderungen gestellt.
Pflaster, Binde, Jod und Salbe waren eine Sache, eine neue Gabel, eine andere.
Armins Vater hatte ein großes Herz. Gott sei Dank! Da war er mit Gott einer Meinung.
Die Werkstatt war dreckig, viele Schläuche hatten Löcher, Räder waren einzuspeichen.
Kein Fußball, kein Seeräuber auf dem Main, kein noch so kleiner Müßiggang. Die Arbeit, die Pflichten, die Zusatzdienste - und bald war der Sommer vorbei.

Was tut man nicht alles für ein Fahrrad.
Der Junge war fast ein wenig ehrfürchtig vor sich selbst. Und so richtete er sich allmählich wieder auf.
Außerdem gab es doch noch andere Erfahrungen zu erleben, auf dieser Welt.
Der Freund in der Nachbarschaft hatte eine größere Schwester, sodass man dann eines Tages auf den Unterschied zwischen Buben und Mädchen zu sprechen kam, im Besonderen unten herum.

Während der Junge unter dem Eindruck stand, dass das weibliche Geschlecht, anstatt einem Schwanz, einen Moosbusch größeren Ausmaßes zwischen den Beinen trägt, behauptete der Freund, dass das gelogen wäre und verwies auf das Gegenteil – es wäre völlig nackt, das weibliche Geschlecht.
Nun ließ der Junge seinen Freund wissen, dass er seine Weisheit aus eigener Anschauung kenne, indem er seine Tante Luise einmal beim Baden überrascht hätte und doch nicht blind sei.

Und außerdem wäre da noch die Sache mit dem Phillips Max seiner Frau.

Sein Freund war trotzdem von seiner „nackten Theorie" nicht abzubringen. Die Einigung in diesem Punkt konnte nicht hergestellt werden. Ein Beweis, in unzweifelhafter Ausprägung musste her. Doch wie sollte das bewerkstelligt werden? Man konnte ja doch nicht die Tante Luise inflagranti beim Baden …? – nein, das würde nicht gehen. Und die Schwester, am Samstag, in der Badewanne?

Man heckte einen Schlachtplan mit Überraschungsmoment aus. Die Hauptrolle sollte eine Maus spielen. Lebend, versteht sich.
Dann, wenn die Hüllen zuverlässig gefallen waren, sollte die Maus durch den Türspalt in das Bad in Freiheit gelassen werden. Und wenn dann das Opfer in Panik versetzt war und um Hilfe schrie, war das Bad gemeinsam zu stürmen – das Mäuse fangen sollte der Vorwand

sein - um sich dann an Ort und Stelle zweifelsfrei über die wahren Verhältnisse Gewissheit zu verschaffen.

Beide hielten diesen Plan für genial.

Sie besorgten sich eine ausgewachsene, fette Maus aus dem Gartenhäuschen und warteten dann mit Spannung auf das Wochenende.

Der Plan funktionierte programmgemäß. Die Maus rannte ins Badezimmer und die nackte Schwester schrie um ihr Leben.

Im Zuge der Inszenierung kam es dann zur hochinteressanten beabsichtigen Detailinspektion mit einem, für beide überraschendem Ergebnis.

In der Auswertung der geprüften Anatomie war man sich in etwa einig. Doch letztlich ging es nicht wirklich um Haarwuchs oder so.

Vielmehr ging es um Grundsätzliches.

Also kein Schwanz mit Gehänge, sondern um dicke Lippen – und die auch noch senkrecht, pfirsichähnlich, mit

Spalt. An diese Erkenntnis schlossen sich für jeden weitere Fragen an.

Man kam überein, dass jeder für sich, sozusagen auf eigene Faust, weiteren Aufschluss herbei führt.

Bis zu diesem Zeitpunkt in seinem noch jungen Leben, besaß das Fahrrad in der Interessenslage den absoluten Spitzenplatz.

Doch nun machte sich daneben ein neues Wissensgebiet breit.

"Was hatte es mit diesem Pfirsich und der Furche dazwischen wirklich auf sich?

War er überhaupt vollständig?

Sicher konnte er auch pieseln.

Aber warum war der Schlitz dann so lang?

Zum Pieseln hätte doch ein kleineres Loch völlig ausgereicht."

Fragen über Fragen.

Für die Zukunft nahm er sich vor, der Angelegenheit auf den Grund zu gehen. Seine Neugier beflügelte ihn. Er war sicher, er würde auch in dieser Sache Licht ins Dunkel bringen. Mit und ohne Moos.

Einen Drahtesel zu begreifen, war ihm ja auch gelungen.

Also,
„auf los, geht's los."